AF214587

Georg Braceschi-Mayer

DUNKLE GESCHICHTEN AUS

Augsburg

Bildnachweis

S. 22 Pressestelle der Stadt Augsburg, S. 29 Pressestelle der Stadt Augsburg, S. 38 ullstein bild (Pachot), S. 42 Pressestelle der Stadt Augsburg, S. 51 Pressestelle der Stadt Augsburg, S. 54 von wikipedia (Zenodot Verlagsgesellschaft mbH Privatsammlung) und S. 72 Pressestelle der Stadt Augsburg; alle übrigen Bilder von Georg Braceschi-Mayer.

Dank

Mein besonderer Dank gilt meiner Lektorin Katja Piesik-Woitok vom Wartberg-Verlag, Christina Höhberger-Heckel von den Stadtwegen, der Stadtführerin Petra Zillner, der Fotografin Ruth Plössel, Renate Baumiller-Guggenberger von Kontext*Kultur und meiner lieben Frau, die mich allesamt in vielfacher Weise unterstützt haben. Mein weiterer Dank gilt denjenigen Augsburgern an unterschiedlichsten Stellen, durch deren historische Kenntnisse des Stadtgeschehens ich in Gesprächen Ideen und Hinweise erhalten habe.

1. Auflage 2021
Umschlaggestaltung: r2 | Ravenstein, Verden
Layout und Satz: Schneider Professionell Design, Schlüchtern-Elm
Druck: Rindt Druck, Fulda
Buchbinderische Verarbeitung: Buchbinderei S. R. Büge, Celle
© Wartberg-Verlag GmbH
34281 Gudensberg-Gleichen, Im Wiesental 1
Tel. 0 56 03 - 9 30 50   www.wartberg-verlag.de
ISBN 978-3-8313-3360-8

Inhalt

Grußwort

Als Oberbürgermeisterin bin ich darin geübt, die weithin ausstrahlenden Meilensteine unserer über 2000-jährigen Stadthistorie zu betonen. Wir sind Römer- und Fuggerstadt, Vaterstadt von Leopold Mozart und Bertolt Brecht und feiern seit 1650 jedes Jahr am 8. August das Hohe Friedensfest als weltweit einzigartigen Feiertag, der sich dem Gedanken der Toleranz und des Friedens widmet. Es fällt leicht, die Fülle unserer Kunst- und Kulturschätze zu beleuchten oder die große Freude über den 2019 erhaltenen UNESCO-Welterbe-Titel auszudrücken; Highlights auf Schritt und Tritt. Übersieht man vielleicht bei so viel „Glanz und Gloria" das dahinter Verborgene? Lässt man Plätze oder Geschehnisse, auf die selten oder gar kein Scheinwerferlicht gerichtet wird, links liegen? Georg Braceschi-Mayer machte Augsburg vor langer Zeit zu seiner Wahlheimat und führt jetzt alle, die Augsburg mit seinen Augen neu und anders entdecken wollen, in neunzehn Kapiteln an die dunkleren Schauplätze der Vergangenheit und Gegenwart. Leben und Leiden stehen oft unmittelbar nebeneinander – nicht zuletzt das Kapitel über die Tour mit dem Kältebus macht dies deutlich. Gerne folge ich seinem gut recherchierten Blick- und Perspektivenwechsel, der Aktuelles mit Historischem, menschliche Schicksale mit wissenswerten Fakten vereint. Passend zum Buchtitel kommt man nicht umhin, mit Brechts Zeilen aus der „Dreigroschenoper" zu schließen: „Denn die einen sind im Dunkeln und die andern sind im Licht. Und man sieht nur die im Lichte, die im Dunkeln sieht man nicht." Das könnte sich zukünftig mit der Lektüre über die dunklen Geschichten aus Augsburg ändern.

Eva Weber
Oberbürgermeisterin

Vorwort

Mit einer kleinen Auswahl an reizvoll-düsteren Geschichten will dieses Buch den Fußspuren einstiger „Augschburger" vom Licht ins Halbdunkel und weiter bis in die absolute Finsternis folgen, um dabei manch schaurigen Duft unserer Erinnerungen zu wecken.

Alter und Liebe sind unheilbar, auch wenn letztere kein Alter kennt. So bin ich vor über drei Jahrzehnten als nicht gebürtiger Augsburger in der ältesten Stadt Bayerns hängen geblieben. Sie ist zum einen zweifellos ein historischer Juwel inmitten des Voralpenlandes, jedoch gleichermaßen das Eingangstor zum Nebelreich. Es sind sowohl die wabernden Nebelschwaden von Lech und Wertach, die über den Weiten des in der letzten Eiszeit entstandenen Schotterfelds gespenstisch emporsteigen, als Natursymbol desaströser Infernos, die einst hier brodelten, als auch das über Tage hinweg bisweilen ausgesperrte Sonnenlicht, welches einem den Verdacht aufdrängt: Augsburg liegt, ganz wie es hier dampft, direkt über der Hölle.

Das Glück oder Unglück der Menschen kommt zumeist von den Menschen selbst. Hier in der einstigen Hauptstadt der römischen Provinz Raetia haben sie, angefangen von seinem Namenspatron, dem römischen Kaiser Augustus, im Lauf einer über 2000-jährigen Stadtgeschichte für Reichtum, aber auch für Untergang gesorgt. Da war Dionysius, der erste Bischof Augusta Vindelicums, wie die Stadt im Altertum hieß, welcher alsbald nach dem Märtyrertod der heiligen Afra, ebenso enthauptet und verbrannt worden ist.

Unzählig scheinen die Einträge der Blutzeugen, Dulder und Heiligen blättert man weiter in den umfangreichen Chroniken der Archive. Wohlbekannte und tragische Namen haben hier ihre Einträge gefunden, wie der der Agnes Bernauer, die nicht standesgemäße Geliebte des bayerischen Herzogs Albrechts III. dessen Vater sie ertränken ließ.

Augsburg wurde ebenfalls von den nicht durch Menschenhand hervorgerufenen Katastrophen erschüttert, wie der europaweiten Ausbreitung der Cholera. Im 19. Jahrhundert wütete die Epidemie in Schwaben, vorrangig in Augsburg, derart erbarmungslos und grässlich, dass die Reichsstadt durch die immense Anzahl an Todesopfern geradezu entvölkert wurde.

Die Frage, ob menschliches Elend selbst verschuldet wird oder als zwingender Umstand zum irdischen Dasein schlichtweg dazugehört, welche sich bei näheren Begegnungen mit leidvoll Süchtigen oder hoffnungslos gewordenen Obdachlosen, die in den eisigen Wintern mit den Todesengeln um ihr Überleben kämpfen, muss in letzter Instanz jeder für sich selbst beantworten. Die entsetzlichen Funde Erfrorener in Parkhäusern, die von Wasserleichen im Lech oder grauenhafte Vorfälle, wie der Mord am Polizisten und Familienvater Mathias Vieth, jagen einem beim Durchqueren des nahe am Hochablass gelegenen Waldstücks unsichtbar bange Schauer über den Rücken.

Eine mit etwas Gänsehaut verbundene, genüssliche Lektüre wünscht Ihnen

Georg Braceschi-Mayer

So weit das Auge reicht

An Silvester versammeln sich am Bismarckturm in Feierlaune getauchte Menschenmengen, um sowohl dem ausgehenden als auch dem neu eintreffenden Jahr Wegbegleiter sein zu dürfen. Sektkorken knallen, Umarmungen, gute Wünsche, meinetwegen auch ganz spontan an eine eben gerade erst gemachte Bekanntschaft, die neben einem da in klirrender Kälte steht. Es ist das alljährliche, glanzvolle Warten aufs Mitternachtsläuten, welches alsbald aus der Senke von St. Gallus heraufdringen wird. Der eine oder andere Feuerwerkskörper, welcher den gegebenen Zeitpunkt einfach nicht mehr hat abwarten können, zischt verfrüht über den stimmungsvollen Nachthimmel. Sobald das Glockengeläut einsetzt, steigen in dichter, schneller Abfolge die Feuerwerksraketen über der Silhouette zwischen Dom und Päpstlicher Basilika St. Ulrich auf, um sich als überreichlich fließender Gold- und Farbregen über die Stadtdächer zu ergießen. Oben am Bismarckturm amüsieren auf schneeweißen Feldern Frösche, Schwärmer und Heuler die Schaulustigen. Nur ein paar Hunde an der Leine ihres Herrchens klemmen ob des lärmenden Spektakels zitternd den Schwanz zwischen die Beine. Und von unter den Pelz besetzten Kapuzen schweben dutzendweise kleine Atemwölkchen ins Dunkel empor, um das alte Jahr aus- und das neue einzuatmen.

Den inzwischen 116 Jahre alten Turm unseres ersten Reichskanzlers Fürst Otto von Bismarck hat man, als stünde er selbst still und achtsam wie sein eigener Augenzeuge des ehemals neuen Kaiserreichs hinter einem, im Rücken. Von Anfang April bis Ende Oktober ist der Bismarckturm für die Öffentlichkeit zugänglich. In der Winterzeit allerdings bleibt der Aussichtsturm, der knapp über die umliegenden Baumwipfel hinausragt, geschlossen. Über zwei befestigte Zufahrtswege kann man hier heraufspazieren, um sich auf einer der Parkbänke zum Schauen und Erholen in der Nähe des sanft und unablässig plätschernden Trinkwasserbrunnens niederzulassen.

Heute stehen hierzulande noch 146 von den einst 184 Bismarcktürmen. Seit 1868 wurden sie zu Ehren von Fürst Otto von Bismarck auch in früheren Kolonien und sogar weltweit aufgestellt. Dieser Bismarckturm steht mit Blick auf Augsburg im Westen der Stadt oben am Sandberg.

Übers Jahr verteilt lädt der Bismarckturm zu verschiedenen Festen ein, wie dem Bismarckturmfest am ersten Juliwochenende. Dieses Fest darf man sich gewissermaßen ähnlich dem allerersten Volksfest auf dem Plärrergelände 1878 vorstellen, welches schon Bertold Brecht 1917 in einem seiner Gedichte würdigte. Es ist eine Mischung aus Dult, Kirchweih und Kaltenberger Ritterfestspielen. Für Gaukler und Zauberkünstler eröffnet es hier vor den Toren Augsburgs, bis spät in die Nacht hinein, eine Naturbühne unter freiem Himmel.

Oben auf der Plattform befand sich ursprünglich einmal eine Feuerschale, deren flackerndes Licht, an Bismarcks Geburtstag entzündet, bis weit in die Ebene zwischen Lech und Wertach zu sehen war. Inzwischen funkeln in der Stadt hunderte kleiner Lichter. Oberhalb der Plattform – also viel weiter oben – besuchen während der Augustnächte zahlreiche Menschen die Anhöhe. Um diese Zeit lassen sich Jahr für Jahr bei wolkenlosem Himmel Sternschnuppenschwärme beobachten. Ein grandioses Naturschauspiel. Allen gemeinsam ist, ob Hobbyastronomen oder Liebespärchen, nach altem Glauben, nach den Laurentiusträren Ausschau zu halten, damit lang und innig gehegte Wünsche endlich in Erfüllung gehen.

In der Silvesternacht erleuchtet die Pyrotechnik kurzzeitig nicht nur den Baumbestand ringsumher, welcher sich nach Süd-Osten in Richtung der Stadt öffnet. Sie erhellt auch die Gesichter gerade eben erst gemachter Bekanntschaften und, für einen kurzen Augenblick den roten Drachen, der sich im Frühjahr hoch oben im Wipfel einer alten Buche verfangen hat. Vielleicht geht ja eine Laurentiusträne in Erfüllung. Auf dass der richtige Windstoß kommt und den Drachen des Kindes, das ihn vermisst, unversehrt wieder zur Erde zurückführt!

Fieber

Die Nacht soll ihre Kinder beschützen. Das gelingt leider nicht immer. Manche Nacht im Fieber verbracht, wird zum euphorischen Rausch. Andere Nächte wiederrum entpuppen sich als realer Albtraum.

Die Nächte im Lauffieber, eine etablierte Sportveranstaltung im Stadtbezirk Hochzoll-Süd, wurden vor über zehn Jahren ins Leben gerufen. Sie nennen sich „Nachtlauf am Kuhsee". Der Nachtlauf findet seither jedes Jahr am letzten Samstag im Juli rund um den beliebten Badesee statt. Bereits am Nachmittag schlagen vor Ort Helfer des Organisationsteams auf dem gut zweieinhalb Kilometer langen Rundkurs um den Kuhsee hunderte von Stecklöchern in den Uferboden, die anschließend mit Fackeln bestückt werden. Nach Einbruch der Dämmerung werden sie

Seit 1945 ereigneten sich bereits drei Polizistenmorde in Augsburg. 2011 traf es Polizeihauptmeister Mathias Vieth.

gegen 22 Uhr mit züngelnden Flammen den etwa 700 Läufern die Rennstrecke hell erleuchten. In der Nähe des Start- und Zielbogens bauen emsige Helfer Jahr für Jahr in bewährter Weise einen Heißluftballon auf, allerdings nicht mit dem Ziel, ihn in den Nachthimmel entschweben zu lassen. Er wird fest im Boden verankert. Seine fauchenden Propangasflaschen, welche die feine Ballonseide gleich einer verfrühten, turmhohen Martinslaterne hell aufleuchten lassen, spornen die Läufer in der Schlussrunde noch einmal zur Höchstleistung und zum Endspurt an. Das Spektakel ist für die begeisterten Zuschauer vom Südufer bis weit hin zum Hochablass in brillanter Weise sichtbar.

Die zehnjährige Jubiläumsausgabe dieser sommernächtlichen Laufveranstaltung hat es sich zum Heißluftballonglühen nicht nehmen lassen, sogar eine blitzende, von dramatisch gesteigerter Musik begleitete Licht- und Lasershow über der Wasserfläche zu projizieren. Eine pompöse Mischung aus Richard Wagner und Krieg der Sterne.

So sehr das Gebiet um den Kuhsee zurecht mit sonnigem Ambiente, mit sportlicher Freizeitaktivität und Erholung in Verbindung gebracht wird, so erinnert im unmittelbar angrenzenden Waldstück doch ein Mahnmal an eine Fiebernacht böser Art. Der 28. Oktober 2011 nahm für den Polizisten und Familienvater Mathias Vieth einen tödlichen Ausgang. Eine tragische Nacht dieser dunkle Fall im Stadtbezirk! Damals fielen Mathias Vieth, der mit seiner Kollegin auf Streife war, zwei Männer auf einem Motorrad an dem zum See angrenzenden Parkplatz auf. Der Versuch einer Routinekontrolle entwickelte sich zu einer wilden Verfolgungsjagd. Diese endete in einer schicksalhaften Schießerei, die der Polizeibeamte nicht überlebte. Die beiden Tatverdächtigen, die schon bald darauf im Dezember 2011 gefasst werden konnten, waren für die Kriminalpolizei kein unbeschriebenes Blatt. Einer der beiden Brüder hatte bereits 1975, einst noch als junger Mann, einen Augsburger Polizeibeamten erschossen. Der Mordfall, der die Stadt ob seines gerichtlichen Ausgangs über Jahre hinweg in Atem hielt, kam in seinem Urteilsspruch letztlich dem Wunsch der Schwester des getöteten Polizisten recht nahe. Die als Polizistenmörder in die Kriminalgeschichte eingegangenen Brüder, sollen sich nie wiedersehen. Das wegen Mord und vier Raubüberfällen verhängte Urteil ist mittlerweile rechtskräftig und lautet auf lebenslänglich mit anschließender Sicherheitsverwahrung.

Dinner in the Dark

Ein kurzes, klackendes Geräusch und – absolute Stille. Kein Festnetztelefon, kein Fernseher, kein Radiowecker geht mehr. Alles bleibt stockdunkel. Man tastet sich vorsichtig zum Sicherungskasten und leuchtet mit seinem Handy hinein. Alle Sicherungen sind drin. Ein prüfender Blick aus dem Fenster hinaus auf die Frauentorstraße bestätigt einen: Stromausfall. Hoffentlich gehen die Batterien in der alten Taschenlampe noch. Hätten wir überhaupt Kerzen im Haus? Geradezu programmatisch nahm der Aufbruch an diesem Abend seinen Lauf.

Wie sehr lassen uns solche, zeitlich meist recht kurzfristigen, unangenehmen Überraschungen erahnen, was es wohl bedeuten mag, seinen Alltag in völliger Finsternis bestreiten zu müssen! Für uns Sehende ist das nur schwer nachvollziehbar. Unser Auge nimmt, wenn wir beispielsweise eine Tasse Kaffee oder einen Apfel zum Mund führen, das bevorstehende tatsächliche Geschmackserlebnis schon ein Stück weit voraus. Wie ein blinder Mensch allerdings sein Essen erlebt, lässt sich beim Dinner in the Dark in verschiedenen Lokalen Augsburgs ausprobieren und erfahren.

Eines dieser Lokale ist die „Maximilians Klause", eine beliebte Adresse für Wein- und Bierkenner. Sie befindet sich gleich hinterm Dom im historischen Gebäude mit der Hausnummer 18, einem der ältesten Bürgerhäuser. Es darf mit Sicherheit angenommen werden, dass sich in ihren Räumlichkeiten einst sogar Kaiser Maximilian I. aufhielt, der das Haus im Jahr 1506 dem Edelmann Kunz von der Rosen schenkte, seinem Berater und Hofnarr. Ehemals führte sogar ein unterirdischer Gang von den Kellergewölben des Hauses hinüber bis ins Kloster St.

Als Priester verkleidet, bot Kunz von der Rosen durch einen Kleidertausch dem inhaftierten König Maximilian I. die Möglichkeit zur Flucht aus dem Karzer. Er war Berater und enger Vertrauter des späteren römisch-deutschen Kaisers aus dem Habsburger Geschlecht.

Stephan. Der düstere Geheimweg existiert schon lange nicht mehr. Das Anwesen ging in der Folge in den Besitz der Jesuiten über, deren Name auch die Straße trägt, nämlich Jesuitengasse. Der „düstere Geheimweg", der die Gäste beim Dinner in the Dark mit dem eigentlichen Ort des Geschehens verbindet, ist eine Lichtschleuse aus schweren, schwarzen Filzvorhängen, die zwischen der vorderen Gaststube und dem Hinterzimmer installiert wurden. Sie ist das Tor, um für etwa zweieinhalb Stunden in die Welt derer einzutauchen, die ihr Gehör sowie ihren Tastsinn im Vergleich zu uns Sehenden besonders schärfen mussten. Mit der Hand am Arm einer blinden oder sehbehinderten Kellnerin wird man, nach einer kurzen Einführung beim Aperitif noch in der erleuchteten Gaststube, durch die abgedunkelte Sperre an seinen Tisch im Hinterzimmer geführt.

Als Novize im Blindenorden ist man durchaus dankbar für jede Hilfe. Wirklich blinde Menschen meistern ihren Alltag mit eindrucksvoller Sicherheit ohne fremden Beistand in vielen Bereichen, sei es der Einstieg auf die Rolltreppe, das Bezahlen beim Bäcker oder das Überqueren der Straße. Neben dem reinen Erlebniswert verfolgen diese Abende übergeordnete Ziele. Berührungsängste sollen abgebaut werden. Es gilt auf die Bedeutung unseres Augenlichts hinzuweisen und zudem dienen die Dinner in the Dark als Statement der Anerkennung an die Selbstständigkeit blinder Personen.

Im Hinterzimmer brennt kein Notlicht, nicht der schwächste Lichtschein dringt hierher, tiefe Schwärze ringsumher. Wer da wohl neben einem sitzt? Wer links, wer rechts oder gegenüber? Ist man der- oder demjenigen draußen beim Aperitif vielleicht gerade schon begegnet? Nur der Klang der Stimmen geben Aufschluss darüber, ob ein Gesprächspartner weiblich oder männlich ist. Im besten Fall lässt sich zusätzlich anhand der Tonhöhe und Wortwahl eine Einschätzung über das Alter geben. Alles scheint lauter und intensiver. Der Lärmpegel ist hoch. Die Scheu sich vorzustellen und zu unterhalten schwindet sofort in dieser Sondersituation. Die Trinkgläser werden beim Servieren, genau wie vom Serviceteam vorab angekündigt, stets auf „ein Uhr" gestellt, immer in der Hoffnung, dass jeder sein eigenes und nicht das Glas des Nachbarn erwischt. Die Auswahl des Menüs sieht ein vegetarisches Gericht, Fisch oder Fleisch vor

– ohne weitere detailliertere Angaben. Nur so lässt sich unbeeinflusst dem eigenen Geschmackseindruck nachspüren. Nach jedem Gang erläutert jemand vom Personal in die Dunkelheit hinein, um welches Gericht es sich jeweils bei Vor-, Haupt- und Nachspeise gehandelt hat. Zu erkennen, dass es sich beim Antipasto, bestehend aus Zucchini, eingelegten Zwiebeln, Spitzpaprika, Champignons, Cocktailtomaten und Mozzarella-Kugeln mit einer Brise schwarzem Pfeffer gehandelt hat, wäre nicht möglich gewesen. Die Kartoffeln, ein würziger Käse, mit dem der Kartoffel-Brokkoli-Auflauf überbacken war, haben sich da schon eher erahnen lassen. Es ist alles andere als trivial, ohne visuelle Hilfe zu unterscheiden, ob Gemüse oder Obst, ob Tofu oder Fleisch. Erst beim klassischen Dessert, dem Tiramisu mit frischen Erdbeeren, stimmte die Einschätzung der meisten Gäste mit dem vom Küchenchef gegebenen Rezept überein.

Der Hingabe ans Schmecken, Riechen und Fühlen über einen Abend hinweg, in der auch das durch die Finsternis veränderte Zeitgefühl mit Erstaunen wahrgenommen wurde, – die Zeit verging wie im Flug – folgt als weiterer Höhepunkt das Anzünden einer einzigen Kerze, deren Schein allein einem schon grell vorkommt. Nach einer kurzen Frist erhellen hintereinander an jedem Tisch weitere Kerzen den Raum, bis zu guter Letzt die Deckenbeleuchtung eingeschaltet wird. Ein kurzes, klackendes Geräusch und – nachdem sich die Augen wieder vollends an die Helligkeit gewöhnt haben, nimmt man mit einem freudigen Lachen seine Tischnachbarn zum ersten Mal in Augenschein, wobei man Stimmen als auch vorangegangene Gespräche neu mit den Gesichtern verbinden muss.

Auch draußen in der Frauentorstraße leuchten die Straßenlaternen wieder. Etwas oberhalb läuten die Theophilusglocken im Hohen Dom zu Augsburg, wie ich sie bislang noch nie gehört, ja sogar noch nie gefühlt habe.

Kältebus

Treue

„Für nichts gebe ich meinen Hund her. Da schlafe ich lieber auf der Straße.“

Bedürfnisse

„In den Notunterkünften bekommst du überall was zu essen. Aber Menschen brauchen auch noch was anderes.“

Annehmlichkeit

„Es war für mich schon ein Luxus zwei Monate beim Schlafen nur die Schuhe ausziehen zu können, ohne Angst, dass sie mir geklaut werden.“

Freiheit

„Ich will niemandem was schuldig bleiben, deshalb habe ich auch nichts beantragt. Das ist nichts für mich. Ich schlafe, solange ich will. Niemand sagt mir, was ich machen muss. Ich war mit dem Bus schon in Paris, Madrid und Wien. Ich kenne dort überall Leute. In eine andere Stadt zu fahren, um Angehörige oder Freunde zu besuchen, ist unmöglich, wenn man alle drei Tage im Amt auftauchen muss.“

Abgestempelt

„Selbst wenn man ein eigenes Postfach hat, steht der Vermerk ‚OFW‘ (ohne festen Wohnsitz) weiterhin im Ausweis.“

Arbeit

„Ohne Arbeit dauert es viele Monate, um eine Bude zugewiesen zu bekommen. Die Reinigungsfirma hätte mich sogar genommen, aber eben nicht ohne Wohnung.“

Misserfolg

„Brüche sind ein Mosaik, an dem sich viele beteiligen."

Besitz

„Meine wenigen Habseligkeiten habe ich sieben Jahre mit mir herumgetragen."

Die Nacht als Grund für Schlaflosigkeit

„Im Sommer bin ich tagsüber immer in den Park gegangen und habe mich dort auf eine Bank gelegt. In der Nacht bin ich in einem Internetcafé gesessen und habe Dokumentarfilme geschaut. Gewalt und Hass brechen ständig über mich herein."

Jung alt aussehen

„Einmal im Jahr gehe ich zum Frisör. Dafür lege ich auch Geld beiseite. Dann kommt alles runter – Kahlkopf, Tabula rasa. Mein Streetworker hat mich nicht mehr erkannt, nur meine Stimme."

Verdursten

„Du wohnst nicht einmal mehr bei dir selber. Mit jedem Tag versinkst du mehr. In der Früh schon Wein, später literweise Schnaps, auch Reinigungsalkohol. Dann geht es nur noch bergab. Man geht absolut unter. Du willst keine Hilfe mehr. Lieber heute weg als morgen."

Wir waren dem Aufruf auf Facebook nach Freiwilligen für den Kältebuseinsatz gefolgt. Der katholische Verband für soziale Dienste e. V. kümmert sich in den Monaten, in denen die Temperaturen nachts unter den Gefrierpunkt absinken, um Menschen, die im Freien nächtigen. Niemand müsste hierzulande erfrieren. Dennoch berichten die Meldungen im Lokalteil der

Augsburger Allgemeinen immer wieder aufs Neue vom schau-
erlichen Gegenteil. Wir treffen uns um 20 Uhr in der Johan-
nes-Rösle-Straße. Dort befindet sich eine Sozialeinrichtung mit
Übergangswohnheim. Nicht allzu weit entfernt, nach der Bahn-
hofsunterführung, versorgt in der Klinkertorstraße gleich neben
der großen Esso-Tankstelle eine Wärmestube täglich weit über
hundert Menschen mit Essen und heißen Getränken. Hier hin-
ten im Hof des Übergangswohnheims steht ein VW Caddy mit
offener Heckklappe bereit. Er wird mit Wolldecken, Winterjacken
und -schuhen, Schlafsäcken, Thermoskannen sowie möglichst
hochkalorischen Lebensmitteln reichhaltig bestückt, bevor es
auf Tour geht. Eine kleine Apotheke mit rezeptfreien Medika-
menten ist ebenfalls an Bord.

Zu dritt fahren wir los. Unsere erste Anlaufstelle ist die Park-
anlage am Königsplatz, dem Kö, wie man in Augsburg sagt.
Sie liegt entlang der tagsüber stark befahrenen Schaezler-
straße. Im Sommer spendet ihr Baumbestand aus Rosskasta-
nien wohltuend seine Schatten. Jetzt, in dieser frostklirrenden
Winternacht, verhindern die hohen Bäume den Lichteinfall der
Straßenbeleuchtung, was Büsche und Wege noch düsterer erscheinen lässt als sonst. Beim Aussteigen fährt uns der eisige
Wind beißend ins Gesicht. Manche der vereisten Sitzflächen der
Parkbänke sind mit großen Kartonstreifen als schwacher Schutz
gegen die Kälte von unten ausgelegt. Auf unserem Fußmarsch
durch den Park treffen wir allerdings niemanden an. Nur das
im Volksmund genannte „Kammer-Fräulein" ist wach. Es ist
eine bei diesen Lichtverhältnissen fast gespenstisch wirkende,
überlebensgroße Bronzestatue im Manzù-Brunnen unweit der
Grünanlage. Der Brunnen, aus dem das mit einer Tunika nur
leicht bekleidete Kammer-Fräulein aus dem Bade steigt, wurde anlässlich der 2000-Jahr-Feier der Stadt vom italienischen

Bildhauer Giacomo Manzù im Jahr 1985 geschaffen. Schutz vor den schneidenden Böen suchend, kehren wir eilig wieder in unseren warmen Caddy zurück, halten die Hände vors wärmende Gebläse und verlassen den Kaiserhofknoten, wie der Bereich am und um das große Haltestellendreieck auch genannt wird. Es wäre keineswegs verwunderlich, würden diese Grade beim Kammer-Fräulein ebenso eine Gänsehaut hervorrufen.

Über die Schießgraben-, Stetten- und Rosenaustraße begeben wir uns in Richtung Wertach. Die Brücken nördlich des alteingesessenen Augsburger Traditionsmodehauses Jung sind alle potentielle Schlafplätze. Hat es nicht etwas Paradoxes, dass das 1902 gegründete Bekleidungsgeschäft, welches ursprünglich Arbeitskleidung für die MAN-Angestellten vertrieb, inzwischen jedoch längst zu den führenden Modehäusern Augsburgs und Ulms mit Filialen in bester Lage gehört, qualitativ hochwertigste Kleidung in beheizten, hinter Glas hell erleuchteten Auslagen präsentiert, während direkt vor seiner Tür in deren Ermangelung Menschen bittere Not leiden? „Du kannst nicht alles Krumme gradebiegen" – ein Satz, den ich aus meiner Kindheit noch im Ohr habe – vor allem dann

Bei Nacht beleuchtet, steigt das im Volksmund als Kammer-Fräulein bezeichnete Mädchen aus dem Bade. Die über zwei Meter hohe Bronzefigur wurde vom italienischen Bildhauer Giacomo Manzù geschaffen. In der seicht gefluteten Pflasterfläche rundherum holen sich an heißen Sommertagen nicht nur Kinder eine wohltuende Erfrischung.

nicht, wenn keine Hilfe angenommen werden will. Unsere Fahrerin, die bereits den fünften Winter mit dem Kältebus zu den mutmaßlichen Schlafplätzen unterwegs ist, erinnert sich an einen Morgen danach:

„Über Nacht hatte es wieder kräftig geschneit. Doch war durch die in der Früh leicht angestiegene Temperatur das prächtige Weiß auf dem erwachenden Bahnhofsvorplatz zu einer fast knöcheltiefen, matschigen Eis-Brühe geworden. Mein Zug, der mich zu meiner Arbeitsstätte vom Augsburger Hauptbahnhof nach Ingolstadt bringen sollte, hatte Verspätung. Die Zehen des Obdachlosen, der barfuß auf den Treppenstufen kauerte, waren schwarz-blau gefroren. Mir blieb noch genügend Zeit und so entschloss ich mich kurzerhand in der umliegenden Einkaufspassage ein Paar günstige Stiefel zusammen mit dicken Socken zu kaufen. Zu dieser Tageszeit war die Deichmann-Filiale noch so gut wie leer. Also, dicke Socken vom Wühltisch, ein Paar Galoschen – alles Sonderangebote. Hier nicht tätig zu werden, hätte ich mir nie verziehen. Schnell zahlen, mein Almosen entrichten und dann rüber zum Bahnsteig. Nur eine Frau stand vor mir an der Kasse. Sie gab gerade Socken und ein Paar reduzierte Herrenschuhe zurück.

‚Falsche Größe?‘, fragte die junge Kassiererin lächelnd und schob der Kundin einen Zettel zum Ausfüllen hin.

‚Nein, das heißt, wie soll ich sagen? Ich weiß es nicht. Er hat dankend abgelehnt‘, sagte die Frau vor mir etwas verlegen. Ihr war derselbe Gedanken gekommen wie mir, doch war ihr Hilfsangebot abgelehnt worden.

‚Standesstolz!‘, sagte sie. ‚Dem lässt sich schwer begegnen.‘“

Wir fahren mehrere Brücken in Richtung Norden ab, stoßen jedoch wieder bloß auf leere Ansammlungen aus Kartonunterlagen und Plastikplanen. Dort, wo das Licht unserer Taschenlampen auf das herumstehende Arsenal leerer Pullen fällt, blitzen neben dem, was man sonst so aus den Spirituosenregalen der Supermärkte gebräuchlicherweise kennt, zudem Fläschchen von Desinfektionsmitteln, Mundwässer oder Reinigungsalkoholika auf. Sucht gehört wohl zu den dunkelsten Kapiteln der Menschheit. Um unsere Klientel ausfindig zu machen, ist man auf die Hilfe aufmerksamer Nachbarn, Anwohner oder Passanten angewiesen, denen Hilfsbedürftige auffallen. Selbst tagsüber ist es alles andere als einfach, die geheimen Zufluchtsorte Gefährdeter zu finden, weiß unsere Fahrerin.

Bei unserer Abschlussetappe erreichen wir den Helmut-Haller-Platz. Benannt nach einem der ersten Fußballprofis, dem sogar eine Briefmarke eines Emirats der Vereinigten Arabischen Emirate gewidmet wurde, hatte sich der dreifache Weltmeisterschaftsteilnehmer für unterschiedliche wohltätige Zwecke in Augsburg eingesetzt. Direkt gegenüber liegt der Oberhauser Bahnhof. Es sind die öffentlichen Toiletten, welche den schmutzigen, verwaisten Stadtgarten dahinter für Obdachlose attraktiv machen. Wir treten ins Halbdunkel des Stadtgartens, eingegrenzt von der Rückwand einer Bahnhofsdepothalle, einem Parkplatz und den unmittelbar vorbeiführenden Schienen und wagen uns vor.

„Hallo! Kältebus. Wir sind vom SKM (Sozialdienst katholischer Männer). Ist hier jemand?" Rascheln, Laute, Stimmengewirr. Körperkontakt soll tunlichst vermieden werden, schießt es mir durch den Kopf. Herzklopfen und eine Art ängstliche Aufregung auf beiden Seiten werden spürbar. „Kältebus?", kommt es fragend zurück. „Ja, Kältebus. Wir haben warme Getränke." „OK. Wir kommen mit." Mehr als eine Handvoll Personen treten aus der Dunkelheit ins Zwielicht. Es sind sieben Männer und eine Frau. Einer fragt nach einer warmen Mütze. Jeder möchte etwas zu essen, vor allem Süßes. Unsere Schokoladenlebkuchen sind hochwillkommen. Der heiße Früchtetee findet desgleichen großen Anklang. Die Ausgabe von Getränken und Essen sowie ein paar Bundeswehrdecken verläuft äußerst gesittet und ruhig. Niemand, der versucht sich am Caddy selbst zu bedienen, im Gegenteil. Die Dankbarkeit, die in den Gesichtern unserer Schutzbefohlenen abzulesen ist, bestätigt uns in unserem Tun, nämlich Menschen mit dem Wichtigsten zu versorgen, das sie brauchen: Wärme.

Bald ist es Mitternacht. Wir fahren zurück. Den Milchberg hinauf in Richtung Maximilianstraße passieren wir die Päpstliche Basilika St. Ulrich und Afra. Die Straßen hier sind menschenleer. Allein auf einem der Halteverbot-Sperrpfosten sitzend, erkennen wir die Silhouette einer leicht nach vorne übergebeugten, eingemummelten Gestalt, eine Flasche neben sich am Boden. Unsere Fahrerin hält an und lässt das Fenster herunter. „Guten Abend. Kältebus. Wir sind vom SKM. Wir haben warme Getränke. Wollen sie einen heißen Tee?" Der Mann richtet sich auf und lacht. „Nein, nein. Vielen Dank. Das ist sehr nett, aber ich werde gleich abgeholt. Ich bin der Mesner von St. Ulrich." Gemeinsames Lachen verbindet und so trennen wir uns – vielleicht bis zum nächsten Kältebuseinsatz.

Plärrer

Je später der Abend, desto erhitzter die Gemüter. Immer wieder kommt es dabei dem Ordnungspersonal gegenüber zu Widerstandshandlungen, zu größeren Raufereien und Körperverletzungsdelikten, vor allem, wenn sich Fußballanhänger der FCA-Ultra-Szene nach dem Verlassen des Bierzelts ereifern. Da bleibt es nicht aus, dass Kampfansagen und Gefahrensituationen durch extrem aggressive und renitente Personen erst nach dem Einsatz von Polizeikräften samt Hundestaffeln beendet werden können und die Störenfriede in Schutzgewahrsam oder Arrest landen.

Solche Szenen spielen sich eben mitunter auch auf dem Festgelände des Augsburger Plärrer ab. „Plärrer" ist übrigens eine alte Bezeichnung für einen freien Platz und hat nichts mit „plärren" im Sinne von „brüllen" oder „schreien" zu tun, wie man vielleicht fälschlicherweise aufgrund des Geräuschpegels auf dem größten schwäbischen Rummel während der zweimal zwei Wochen im Frühjahr und im Herbst annehmen könnte.

Bevor die Fahrgeschäfte und Festzelte gegen 23 Uhr schließen müssen, dürfen aber nicht nur die spätabendlichen Besucher, sondern alle Nachtschwärmer Augsburgs seit 1963 schon, die

Zwei Wochen lang finden Rummelfans auf dem Kleinen Exerzierplatz, dem sogenannten Plärrergelände, bei zahlreichen Fahrgeschäften ihr Paradies auf Erden vor. Eine Runde mit dem Riesenrad darf dabei selbstverständlich nicht fehlen.

ihren Blick in Richtung Schwimmschulstraße oder Familienbad richten, an allen Freitagen der Festzeiten gemeinsam ein grandioses Feuerwerk erleben. Im Anschluss daran muss Ruhe einkehren. Die Schausteller müssen sich für ein paar wenige erholsame Stunden in ihre Wohnwägen zurückziehen können, um für das stürmische Treiben am Folgetag gerüstet zu sein.

Zu den Erinnerungen einer Generation aus einer Zeit bevor der Sicherheitsdienst in der zweiten Nachthälfte das Gelände abriegelte und seine Runden drehte, gehören die über den Erdboden huschenden Lichtkegel der Stirn- und Taschenlampen von Studenten und Tatendurstigen, welche in den frühen Morgenstunden direkt unterhalb der Fahrgeschäfte die aus Hosen- und Jackentaschen angeheiterter Besucher verloren gegangenen Münzen, Portemonnaies, Uhren, Fahrkarten, Gutscheine oder Brillen einsammelten. Eine durchaus lukrative Einnahmequelle, bevor die Sonne und die Kinderherzen wieder aufgingen, weil sie auf eine Fahrt im Kettenkarussell, in der Schiffschaukel oder eine Zuckerwatte hoffen durften.

„Auf dem Plärrer hat unser Vater einen Strauß Plastikblumen erschossen." Diese Stilblüte aus Kindermund hätte vielleicht auch von einem der berühmtesten Söhne der Stadt stammen können, nämlich dem kleinen Bertolt Brecht, der später als einflussreicher Dramatiker und Lyriker, dessen Werke weltweite Verbreitung fanden, hervorging. Er war ein begeisterter Freund des größten Volksfestes in Bayrisch-Schwaben und hat ihm sogar ein Lied gewidmet.

Der Frühling sprang durch den Reifen
des Himmels auf grünen Plan,
da kam mit Orgeln und Pfeifen
der Plärrer bunt heran.
(Bertolt Brecht)

„Kommen sie! Zögern sie nicht! Steigen sie ein! Hier sind sie richtig!", tönt es mal links und mal rechts aus einer Vielzahl von Lautsprechern, während man im Strom der Menschenmenge von einem zum nächsten Fahrgeschäft im Duft gebrannter Mandeln weitergeschoben wird. Früher noch als vermutet, schaukelt man dann schon in einer der 40 sanft schwingenden, drehbaren Gondeln des 400 Tonnen schweren Riesenrads auf beschauliche Weise zu romantischen Orgelklängen oder alten, deutschen Schnulzen dem weiß-blauen Himmel entgegen. Rot, grün, blau, gelb – in allen Farben leuchten und flirren die mehr als 35 000 Lampen an den Streben, Achsen und Kabinen. Für weniger als fünf Euro darf man in diesem charmanten Riesen mitfahren, wobei sich die Kosten für seinen Transport und Aufbau auf ein Zehntausendfaches des Ticketpreises belaufen. Mit bevorstehendem Sonnenuntergang sorgt im Riesenrad nicht allein die Spannung hoffentlich wieder auf festen Boden zurückzukehren, sondern ebenfalls der sanft spürbare Temperaturunterschied in über 60 Metern Höhe für Gänsehaut. Kurz, ein generationenübergreifender Klassiker unter all den anderen, Aufsehen erregenden Attraktionen, wie der Leoparden-Spur, der Riesenschaukel, dem Bayern-Lift oder dem Power Dancer und natürlich dem überdachten Autoscooter vom Diebold. Manch unsanfter Aufprall der rundumlaufenden breiten Gummipuffer mit einem anderen Fahrzeug hat in den darauffolgenden Abendstunden mitunter schon für erste Jugendlieben gesorgt oder sie andernfalls auch ins Schleudern gebracht.

Auch wenn der Plärrer für die jüngeren Besucher bereits am frühen Nachmittag beginnt und vor Einbruch der Dämmerung endet, so sind es doch die Abendstunden, durch die das weithin sichtbare Lichtspiel erst wirklich zum Leben erwacht. Verlässt man für einen Perspektivenwechsel den Standort und begibt sich auf die Anhöhe bei Friedberg im Südosten oder ins nordwestliche

Umland hinaus aufs Kobelkreuz bei Neusäß, so färben sich, von dort aus gesehen die Wolken direkt über dem Festgelände am Abendhimmel rötlich hell. Vorstellbar, dass diejenigen, die diesem Schauspiel beiwohnen, dem Phänomen erliegen, welches jeder von uns von Sommerabenden her kennt. Vor dem Schlafengehen bei eingeschaltetem Licht noch einmal ausgiebig zu lüften, zieht innerhalb kürzester Zeit durch den Schein der Halogenstrahler auf der Veranda oder der Stehlampe im Schlafzimmer Motten und Insekten an, welche in unmittelbarer Folge gefährlich nahe die Lichtquelle umkreisen. Gleichermaßen beeinflusst, entscheiden sich möglicherweise auch ferne Beobachter noch ganz spontan zu einem schnellen Abstecher in eines der Festzelte, wie der nicht wegzudenkenden Schaller-Alm. Eine zünftige Gesellschaft zum Feiern, Anbandeln, aber auch Sehen und Gesehenwerden, treten in diesem Fall als leuchtender Lockstoff auf den Plan, der, wenn sich die Gemüter erneut erhitzten, dann durch Kindermund in etwa so zum Ausdruck gebracht wird: „Mama hat gesagt, dass es im Bierzelt wegen der Kellnerin wieder eine Schlägerei gab, die sich draußen fortpflanzte."

Keine Fälschungen

Jede Stadt bringt hochkarätige Persönlichkeiten, aber genauso auch schrullige Originale und kuriose Sonderlinge hervor. Zu letzteren beiden gehören all die selbst ernannten „Monarchen". Auch Augsburg, als „Thronfolger des römischen Kaisers Augustus", hat bis heute noch einen Regenten, nämlich den „König von Augsburg". Jedem in der Stadt ein Begriff, steht er barfuß tagein, tagaus mit goldener Papierkrone, langem grau-weißen

Rauschebart und bunt beschriftetem Gewand vor dem Rathaus oder lustwandelt durch die Fußgängerzone. Eine Woche, seiner Zeitrechnung gemäß, dauert acht Tage und die unterscheiden sich jeweils farblich. Dementsprechend kombiniert er hierzu seine Kleidungsstücke.

Nicht mehr unter uns weilt der „AEV-Schorschi" (Augsburger Eishockey Verein), auch als „FCA-Schorschi" (Fußball Club Augsburg) bekannt – je nachdem für welchen der beiden Sportvereine er als passionierter Anhänger mit seinen Fan-Schals in Erscheinung getreten war. Rechterhand einen abgewrackten Drahtesel schiebend, eine Bierflasche in der Linken, schlappte er schon früh morgens am Karstadt vorbei in Richtung Moritzplatz. Was auch immer er mit heiserer Stimme krächzte, es war unverständlich. Leutselig wie kein anderer war er und lebt als solcher im kollektiven Gedächtnis der beiden Fangemeinden weiter. Legendär bleibt sein Auftritt mit dem Eishockeystürmer Franz-Xaver Ibelherr, der zur Weihnachtszeit in der Drittelpause als Nikolaus verkleidet einen Schlitten samt Sack darauf hinter sich herzog und so in die Mitte der Eisfläche gefahren kam. Die ohrenbetäubenden Jubelrufe schienen kein Ende mehr nehmen zu wollen, als der gute Schorschi dem Sack entstieg, mit kindlich strahlendem Gesicht, erhobenen Armen und etwas ungläubigem Blick auf die Ränge des mit über 6000 Plätzen gefüllten Stadions blinzelte, während ihn das Publikum frenetisch aufforderte: „Schorschi, wink amol!"

Legenden und Gerüchte umranken solche lokalhistorischen Gestalten. Angeblich sollen sie begnadete Mathematikprofessoren gewesen sein, denen unglücklicherweise zunächst der Verstand, später ihre Mitarbeiter und letztlich die eigene Familie abhandengekommen sein sollen, bis ihnen schließlich nichts mehr blieb. Besondere Charaktere stehen zudem oft mit besonderen Plätzen in Verbindung, prägen diese mitunter.

Der ursprüngliche Obstmarkt in seiner Funktion als Fläche für Verkaufsstände war dahingehend sicherlich immer ein derartiger Ort. Jedoch ist er der Stadt nur mehr als Straßenname erhalten geblieben. Gegenwärtig führt die Straße bloß noch als kopfsteingepflastertes Verbindungsstück die Johannisgasse und den Kesselmarkt mit dem Hohen Weg und der Karolinenstraße zusammen. Im 16. Jahrhundert hingegen waren dort viele kleine Marktstände anzutreffen, um die Bürger mit Nahrungsmitteln und den meisten unerlässlichen Gegenständen des Alltags zu versorgen – eine über lange Zeit bestehende Einrichtung. Erst nach der zerstörerischen Bombennacht vom Februar 1944, in der kaum ein Stein auf dem anderen blieb, verschwand der eigentliche Obstmarkt von dieser Stelle. Auf einem nahe gelegenen ehemaligen Fabrikgelände zwischen der Anna- und Fuggerstraße hatten sich schon seit den 1930er-Jahren zusätzliche Verkaufsstände und Geschäfte angesiedelt – der heutige Stadtmarkt. Letztlich fanden auch die heimatlos gewordenen Obststände hier ein neues Zuhause. Auf über einem Hektar Fläche befinden sich nun unter anderem zwei große Markthallen, ein Bauernmarkt, alles in allem über hundert Läden. Hier treffen wir auf die Dritte im Bunde Augsburger Originale.

Maria Karolina Schuhmann, geboren am 15. August 1874 in der Jakobervorstadt, erlernte als Mädchen den Handwerksberuf der Schneiderin. Als 20-jährige Frau verdiente sie sich dann ihren Lebensunterhalt bereits in vollem Umfang selbst. Ihre große, vielleicht erste Liebe gehörte einem städtischen Inspektor, die allerdings unerwidert blieb. Dennoch gebar sie zwei Kinder. 1897 starb ihr erstes Kind wenige Tage nach der Geburt. Ihr zweites Kind verschied im Alter von zweieinhalb Jahren. Es muss eine Vermutung bleiben, ob ihre unerfüllte Liebe oder der Verlust ihrer Kinder oder beides und vielleicht anderes mehr da-

Die Bronzefigur der Taubenmarie auf dem Augsburger Stadtmarkt ist ein beliebter Treffpunkt und bringt die Menschen im Gespräch stets aufs Neue zusammen.

für verantwortlich zeichnen, dass sich Maria Schuhmann von da an im Herzen den Tieren verbundener fühlte als den Menschen. Von 1902 bis 1944 lebte sie zur Miete im Gasthaus „Goldener Stern", das demselben Luftangriff wie der Obstmarkt zum Opfer fiel. Die Nachkommen der Wirtsleute erinnern sich, wie sie ihre bescheidene Bleibe mit fast zwei Dutzend Katzen fürsorglich teilte. Als „Fräulein Schuhmann", auf diese Anrede hat sie stets Wert gelegt, durch die Kriegsereignisse heimatlos geworden war, wies man ihr eine zentral gelegene, karge Erdgeschosswohnung am Mauerberg direkt neben dem Stadtbach zu. Für die einen sind Tauben wegen ihrer Einehe sowie des zärtlichen Turtelns Symbole des Friedens und der Liebe. Andere sehen die Biester, aufgrund der nach dem Zweiten Weltkrieg stark angestiegenen Population, als „Ratten der Lüfte" und innerstädtisches Ärgernis an – eine vielerorts nicht enden wollende Kontroverse zwischen Taubengegnern und Tierfreunden. Maria Schuhmann jedenfalls hatte sich dem täglichen Füttern der Tauben verschrieben, ungeachtet aller Anfeindungen aus der Bevölkerung.

Mit einem bis zum Rand mit gefüllten Eimern beladenen, altertümlichen Kinderwagen steuerte sie täglich ihre Futterplätze an, wo sie von den Tauben schon sehnsüchtig erwartet wurde. Um Bordsteine oder andere kleine Hindernisse auf ihrem Weg dorthin überwinden zu können, war sie aufgrund des hohen Gewichts ihrer Fracht des Öfteren auf tatkräftigen Beistand hilfsbereiter Fußgänger angewiesen. Es versteht sich von selbst, dass Maria Schuhmann durch ihr ungewöhnliches Auftreten Zielscheibe des Spotts, besonders von Kindern und Halbstarken, war. Solange jedoch dreiste Witzlinge ihr Taubenvolk nicht verjagten, ertrug sie den Hohn derer, die sich über sie lustig machten, mit erstaunlicher Gelassenheit.

Maria Schuhmann, die ihr Auskommen nicht mehr als Schneiderin bestritt, sondern sich als Verkäuferin von Obst auf dem Stadtmarkt verdingte, war spätestens seit dieser Zeit als „Taubenmarie" stadtbekannt. Wiederholte Reibereien wegen ihres Verkaufsstandes, welcher nach üblicher Ansicht nicht dem erforderlichen Niveau an Ordnung entsprach, das von einem Händler erwartet werden konnte, und die Unsitte des unerlaubten Taubenfütterns sorgten für reichlich Gesprächsstoff. Im Rahmen der Schlichtung dieser Auseinandersetzungen kam es zwischen dem Wohlfahrts- und Marktamt zu einem elfseitigen Gutachten, welches Maria Schuhmann ihren Status behördlich als das, was sie eben war, ein Original der Stadt, zuerkannte. Unter der unanfechtbaren Auflage, das Füttern der Tauben zukünftig an und um ihren Stand herum zu unterlassen, wurde ihr weiterhin der Zutritt zum Stadtmarkt gewährt. Sie ließ es sich jedoch nicht nehmen, andernorts ihre geliebten Vögel bestmöglich zu versorgen. Dies tat sie bis zum Winterbeginn 1956, bevor sie am

3. Dezember auf ihrem Fußmarsch zu den Futterplätzen kollabierte. Nach einem Krankenhausaufenthalt und der anschließenden Überführung in ein Mickhausener Altersheim starb Maria Karolina Schuhmann am 20. März 1957. Ihren Grabstein schmückt das Bildnis der Taubenmarie. 2005 wurde ihr auf dem Stadtmarkt ein bronzenes Denkmal gesetzt.

Gottvertrauen gegen Durchfall

Ungefähr der Entfernung von Stuttgart nach Augsburg entspricht die gesamte Länge aller Kanäle, die sich zum allergrößten Teil kellertief oder tiefer, unterhalb Augsburgs befinden. 180 Kilometer Hohlräume in Backsteinmauern eingefasst, feucht und modrig, in kühler Luft von Moos oder Spinnennetzen überzogen, liegen sie selbst wie ein riesiges Spinnennetz unsichtbar im Erdboden. Der wahre Schatz, den diese Adern tragen, sind nicht unbedingt römische Keramikscherben, welche, sofern sie bei Aushüben in Baugruben zu Tage gefördert werden, dem Landesamt für Denkmalpflege gemeldet werden müssen und somit bei Bauherren für unerwünscht lange Aufschübe sorgen. Ebenso wenig sind es umstrittene Knochensplitter von Schädeln oder die mit einer Patina aus Rost und Grünspan überzogenen, scharfkantigen Metallstücke, welche der Altertumskunde zugeordnet werden könnten. Die eigentliche Kostbarkeit ist schlichtweg das Wasser selbst.

Die historischen Anfänge der Wasserversorgung reichen hier vor Ort zurück bis in die Römerzeit, beginnend etwa ab 20 nach Christus. Wasserundurchlässiger Lehmboden isolierte die bis zu zwei Meter breiten und einem halben Meter tiefen, von

Holzbrettern gesäumten Gräben. Jedoch konnte selbst ein für damalige Zeiten fortschrittliches Kanalsystem, wie davon im Stadtteil Göggingen noch archäologische Überreste gefunden wurden, nicht vor Menschheitsgeiseln wie Seuchen bewahren. Sogar das Gegenteil war der Fall. Zwar lieferten sie später die Wasserkraft für die handwerklichen Betriebe, wie den Gerbern und in der Folge der gesamten hier ansässigen Textilindustrie, doch ermöglichten sie auch für etliche Jahrhunderte das Spülen der Latrinen.

In der ersten Hälfte des 19. Jahrhunderts, zur Zeit der Restauration, herrschte zwischen den europäischen Staaten weitestgehend politischer Frieden. Dieser gründete sich auf der Vorherrschaft fünf europäischer Großmächte – das Resultat des Wiener Kongresses. Die politische Neuordnung Europas war nach der Niederlage Napoleons zunächst stabil. Jedoch wüteten in derselben Epoche todbringende Krankheiten, wie die Cholera und Typhus, auch als sogenanntes „Nervenfieber" ein Begriff. Da brachten auch die aus Unwissenheit und Ratlosigkeit gegebenen Obrigkeitsempfehlungen sich gegen Diarrhöe in Gottvertrauen und Gemütsruhe zu üben, keinerlei Befreiung von den Fesseln dieser Ansteckungskrankheiten. Dies galt solange, bis die Bedeutung verschmutzten Trinkwassers als Keim der Verbreitung erkannt und wissenschaftlich bewiesen worden war. So lange grassierte die „Asiatische Brechruhr", wie die Cholera im Volksmund ebenfalls bezeichnet wurde, europaweit.

Ab 1830 war Deutschland mehr und mehr betroffen. Von 1832 an hielt sie unerbittlich und furchteinflößend in Schwaben ihren Einzug. Einer angenäherten Statistik zufolge forderte die Durchfallerkrankung im Jahr 1854 innerhalb von knapp zehn Wochen allein in Augsburg 1176 Tote. Bei den Opfern handelte es sich in diesen Monaten um 749 Frauen und 427 Männer. Scheinbar

Den Kernpunkt des Stauwehrs bildete stets die Frage nach dem Zuviel und dem Mangel an Wasser. Der Hochablass bildet im Lech einen fundamentalen Eckpfeiler, um der Anforderung gesunder Trinkwasserversorgung und dem Hochwasserschutz gerecht zu werden.

machtlos stand man diesem heimtückischen Schreckgespenst gegenüber. Ein ganzes Jahrzehnt voller medizinischer Irrwege, Spekulationen sowie Fehldiagnosen über die tatsächliche Herkunft sollte folgen. Böse Zungen mögen in diesem Zusammenhang behauptet haben, dass auch sämtliche Ärzte der Pestilenz in der Stadt erlagen und erst, als der letzte Arzt dahingerafft war, sich die Seuche verloren haben soll. Doch war es in Wirklichkeit den Beurteilungen und Erkenntnissen, wie denen des Italieners Filippo Pacini, welcher den Cholera-Erreger als Bakterium erkannte, und der Pionierarbeit des britischen Chirurgen John Snow innerhalb seiner epidemiologischen Forschung zu verdanken, dass man in der schwäbischen Hauptstadt schließlich richtig reagieren konnte.

Jegliche Nutzbarmachung von Hausbrunnen wurde unverzüglich untersagt, da, anders als bis dahin angenommen, es keine Dünste waren, sondern das mit dem Bakterium Vibrio cholerae belastete Wasser, das für die Seuche verantwortlich zeichnete. Die Stadt beließ es nicht nur bei Brunnenuntersuchungen, sondern reagierte allumfassend. Ein im Herbst 1879 in Betrieb genommenes, neues Wasserwerk am Hochablass, versorgte seither sämtliche Haushalte mit reinem Trinkwasser. Es handelt sich hierbei um ein Stauwehr, welches das Wasser vom Lech abzweigt und über den Hauptstadtbach gemeinsam mit dem Strom des Brunnenlechs in zahlreichen Kanälen dem Stadtbezirk östlich des Ulrichsviertels, den Quartieren am Lech, zuführt. Ein großer Schritt, neben verschiedenen weiteren Maßnahmen, sodass als um 1883 eine dritte epidemische Welle über Deutschland hereinbrach, tausende ortsansässiger Augsburger vor Ansteckung bewahrt werden konnten. Vergleichsweise löschte die Cholera in Hamburg im Jahr 1892 an die 9000 Menschenleben aus. So kommt es nicht von ungefähr, dass das hiesige Wasserwirtschaftssystem 2019 in den Reigen des UNESCO-Welterbes aufgenommen wurde.

Steinerner Mann (Da Schtoinerne Ma)

Dort, wo heute der „Lug ins Land", ein gemütlicher Biergarten am nordöstlichen einstigen Stadtrand im Schatten von Bäumen versteckt liegt, erhob sich während des Dreißigjährigen Krieges ein Beobachtungsturm. Als die kaiserlich-katholischen Truppen nach ihrer Belagerung abgezogen waren, soll es in Augsburg weder Hunde noch Katzen noch Ratten mehr gegeben haben. Sogar vor den Leichen, die auf den Straßen lagen, hatten die Darbenden nicht haltgemacht.

In diese Zeitspanne nun fällt auch der Name des Bäckers Konrad Hacker, der in einer Mauernische als dreidimensionales, steinernes Standbild überlebt hat. Die Legende, die sich um ihn rankt, besagt, dass er, als der Mangel an Lebensmitteln während der Blockade unerträglich groß geworden war, aus Sägemehl und Kleie Brotlaibe buk. Mit selbigen „bewaffnet" erklomm er die Festungsmauer, um den Besatzern eine Lektion zu erteilen. Nachdem er von dort oben durch einen Luftschuss auf sich aufmerksam gemacht hatte, warf er seine Brotlaibe den Belagerern außerhalb der Stadt vor die Füße. Seinen heroischen Auftritt, der natürlich als dreiste Provokation verstanden wurde, bezahlte er nicht nur mit dem Verlust seines rechten Armes, den er durch die Schüsse blindwütiger Soldaten verlor, sondern letztendlich mit seinem Leben. Konrad Hacker erlag in den Folgestunden seiner schweren Verletzung. Für die überlebenden, eingekesselten Bewohner hingegen ging Hackers Rechnung glücklicherweise auf. Im Glauben, die Esswaren innerhalb der Stadtgrenzen wären überreichlich, zog sich das Militär der katholischen Liga zurück.

Als Erinnerung an ihren beherzten Befreier stellten die Geretteten eine Figur eines einarmigen Mannes in Bäckerkleidung aus Kalksandstein mit einem Brotlaib in der linken Hand auf. Auch Bertold Brecht setzte dem Heros und Mann der Tat ein literarisches Denkmal, und zwar in weiblicher Gestalt. In „Mutter Courage" errettet nämlich die stumme Kathrin die Stadt Halle auf gleiche Weise. Selbst wenn niemand genau weiß, wer den Steinernen Mann angefertigt hat und wann dies genau geschah, haben die Teile doch auf mysteriöse Weise zueinandergefunden. Nach Expertenmeinung sind die Versatzstücke zu unterschiedlichen Zeiten entstanden. Fragmente der Figur könnten vom früheren, im Lug ins Land angesiedelten Friedhof stammen, das Unterteil von einer römischen Triton-Figur. Im Lauf der Jahrhunderte wurde der Steinerne Mann wiederholt Opfer

von Vandalismus, wodurch er seiner ursprünglichen Nase verlustig ging. An deren Stelle sitzt heute eine metallene Kopie. Es sei, wie es sei. Bei einer Legende beachte man die letzten vier Buchstaben, bemerkt der deutsche Aphoristiker Erwin Koch. Kein Anfang ohne Ende und so führt uns die Überlieferung Jahrhunderte später wieder zum Ausgangspunkt dieser Geschichte zurück, zu den aus dem behaglichen Biergarten nach Hause schlendernden Gästen, denen das Berühren des eisernen Zinkens der Skulptur Glück bringen soll.

Der Sage nach war „Da Schtoinerne Ma", also der Bäcker Konrad Hacker, erfolgreich. Auch wenn er seine Heldentat mit dem Leben bezahlen musste, hatten die kaiserlichen Truppen ihren Glauben an einen Sieg verloren und zogen ab.

Hexenritt

Hebammen, alte Weiblein, Kräuterfrauen oder fremd Zugezogene fielen dem Wahn nicht konfessionsgebundener Verfolgungen und damit den Hexenprozessen im Mittelalter zu tausenden zum Opfer. Bosheit, Eifersucht, Hass, aber auch Unsicherheit und Angst wurden auf diese Weise verarbeitet, zuweilen sadistisch ausgelebt, denn Hexenverbrennungen fanden zudem unter dem Gesichtspunkt allgemeiner Volksbelustigung statt. Etwa 9000 Menschen sollen im Heiligen Römischen Reich Deutscher Nation allein in Süddeutschland so ermordet worden sein.

Der Sage nach soll hier in Augsburg ebenfalls eine hinterhältige Zauberin wegen ihres diabolischen Treibens im nach den Franziskanern benannten Barfüßerturm eingesessen und dort auf ihr Gerichtsverfahren gewartet haben. Der Turm ist nach den Ordensleuten benannt, die dem Vorbild des heiligen Franziskus von Assisi folgten. Dieser wiederrum kam der Aufforderung Jesu an seine Jünger nach, keine Vorräte, kein Geld und keine zusätzliche Kleidung auf ihren Reisen mitzunehmen und trug demgemäß keine Schuhe. Der vermutlich im 11. Jahrhundert erbaute Wehr- und Aussichtsturm gehörte zur gleichnamigen Toranlage, dem Barfüßertor, welches in den Befestigungsring der Stadt einbezogen war. Es diente als östlicher Einlass, bevor ab 1340 die Jakobervorstadt eingegliedert und von der Mauer rund um den Stadtkern mit eingeschlossen wurde.

Als nun der hunnische König Attila, der mit seinem unbezähmbaren, kriegerischen Reitervolk Europa in Angst und Schrecken versetzte, plante, Augsburg zu belagern, zu plündern und letztendlich niederzubrennen, war die Besorgnis unter den einheimischen Ratsherren groß. Um der aufkommenden Unruhe der Bürger und dem unmittelbar bevorstehenden, drohenden

Augsburgs Schatz an gespenstischen Legenden, bei denen es sich um unheimliche Zauberei, rätselhafte Orte oder schaurige Begegnungen handelt, ist reich und steht in direkter Verbindung zu heutigen sowie früheren Bauwerken, wie hier dem Barfüßertor.

Unheil ein Ende zu setzen, bot die eingekerkerte Zauberin ihre Dienste an, immer vorausgesetzt die Obrigkeit würde sie, sofern sie erfolgreich wäre, im Gegenzug auf freien Fuß setzen. Gern nahm man ihren Vorschlag an. Sie spannte daraufhin einen pechschwarzen Hengst vor eine Droschke, entledigte sich ihrer Kleidung, schwang sich auf den furchterregenden Gaul und jagte wild entschlossen durch die Lüfte dem Feind entgegen. Attila, der bereits über den Lech setzen wollte, war durch die dämonische Erscheinung des furchteinflößenden Pferdes und der blatternarbigen, alten Frau, die ihn mit solcher Macht dreimalig anging, er solle augenblicklich zurückweichen, derart vom Grauen überwältigt, dass er sich mit seinem Heer postwendend zurückzog. Bis 1836, dem Jahr als der Barfüßerturm abgerissen wurde, soll sich im Inneren eine geheimnisvoll lebendig anmutende Darstellung dieses düsteren Hexenritts befunden haben.

Kreaturen der Nacht

Ein gewisses Pläsier an Gänsehaut ist uns nie gänzlich verloren gegangen. Es darf daher auch im Licht der Projektoren und Scheinwerfer durchaus immer noch gruselig zugehen.

Vor schweren Unwettern in Schwaben mit massiven Regenfällen war am Spätnachmittag des 30. Juni 2017 gewarnt worden. Nichtsdestotrotz veranlasste die langsam stärker aufkommende Brise und die sich im Norden auftürmende schwarze Wolkenwand kaum einen der über 2000 Besucher der Theatersommerpremiere dem schaurig amüsanten Musical „Rocky Horror Show" fernzubleiben. Es schien ganz so, als wollten die Wettergötter den Regieanweisungen der für den Beginn des Bühnenwerks gedachten Witterungsverhältnisse rund um die Augsburger Freilichtbühne in vollstem Umfang gerecht werden.

Die Augsburger Freilichtbühne wurde 1929 als Sommerspielstätte des Theaters eröffnet. Sie zählt seither zu den anerkanntesten Arenen Deutschlands. Die mediävale Kulisse mit dem Roten Tor, dem Heilig-Geist-Spital und der massigen Bastion im Hintergrund, weitet sich für die Zuschauer über das eigentliche Bühnenbild hinweg zu einem imposanten Anblick aus. Bei den Festspielabenden handelt es sich um ein enges Zusammenspiel verschiedenster Stellen der Stadt. Allein um einer möglichst einwandfreien Akustik zur dargebotenen Sprache und Musik zu genügen, werden, verantwortet durch die Straßenverkehrsbehörde, die in der Eserwallstraße verlegten Straßenbahnschienen, welche in einer fast rechtwinkligen Kurve in die Rote-Torwall-Straße einmünden, allabendlich geflutet, was die quietschenden Geräusche vorbeifahrender Trambahnen unterbindet.

So hatten sich also pünktlich mit Einbruch der Dämmerung das frisch verlobte Liebespaar Brad und Janet auf den Weg zum gemeinsamen Freund Dr. Everett Scott gemacht, hatten nach erlittener Autopanne im Wolkenbruch durch den buckligen Diener Riff Raff und das Hausmädchen Magenta im nahe gelegenen Schloss Unterschlupf gefunden und waren dann auf den noch gespenstischeren Dr. Frank N. Furter gestoßen, der gerade damit experimentierte, künstlich einen Menschen zu kreieren, als sich, wenige Minuten vor der Pause, die Himmelsschleusen über den Theatergästen und Schauspielern öffneten.

Wer auch immer irgendeine Überdachung in erreichbarer Nähe nur erahnte, floh durchs Halbdunkel und das sofort knöcheltief stehende Wasser zwischen den Sitzreihen, in vergeblicher Hoffnung, nicht ganz bis auf die Haut durchweicht zu werden. Die ursprünglich auf 20 Minuten angesetzte Pause wurde, im guten Glauben an ein baldiges Ende des Wolkenbruchs, zunächst um weitere 20 Minuten, letztlich um eine Stunde verlängert. Es

Bedeutende Regisseure und Choreografen arbeiten hier an traumhaften Inszenierungen großer Theaterstücke und Musicals. Die Freilichtbühne vor der mittelalterlichen Bastion am Roten Tor ist eine der schönsten Sommerbühnen Deutschlands.

sprach zweifelsohne für die ausgezeichnete Inszenierung des Stücks, dass im Anschluss, als der Starkregen dann doch fast gänzlich aufgehört hatte, die Ränge wieder nahezu lückenlos besetzt waren. Weder die tropfnass gewordenen Kostüme von Eddie, Columbia und den übrigen Darstellern des Kultmusicals sowie die rutschige Bühne schmälerten deren Spielfreude, noch schwächte mancher Kälteschauer die Begeisterung des Publikums, welches erneut in die lasziv-schräge Welt des Planeten Transsexual in der Galaxie Transsylvania eintauchte. Das Frösteln war beidem geschuldet, der gruseligen Inszenierung und den rasch gesunkenen Temperaturen, bis sich schließlich gegen Mitternacht der aufbrandende Schlussapplaus mit einem erneut heftig einsetzenden Gewitterregen klanglich vermischte.

Ein Blindgänger zu Weihnachten

Wir Menschen sind Erben anderer Menschen Frevel. Da mögen die Kriegsgewinnler oder Ingenieure des nationalsozialistischen Deutschlands noch so verzückt haben verlauten lassen, wie überaus elegant die Manövriereigenschaften von Jagdflugzeugen wären, doch stellten sich die Luftangriffe am 25. und 26. Februar 1944 als die grauenhaftesten der etwa 20 Bombardements auf die Fuggerstadt während der Kriegsjahre heraus. Ganze Straßenzüge wurden mit ihren historischen Bauwerken und epochalen Sehenswürdigkeiten in Schutt und Asche gelegt oder zumindest auf massivste Weise beschädigt, wie zum Beispiel der Goldene Saal des Rathauses, der 70 Meter hohe Perlachturm oder die Fuggerei, als älteste Sozialsiedlung der Welt. Schlagartig waren innerhalb von weniger als 48 Stunden

Für die Sprengmeister herrschte während der Entschärfung der Fliegerbombe höchste Lebensgefahr.

tausende Menschen obdachlos geworden, sofern sie überhaupt
überlebt hatten. In einer riesenhaften Welle flohen rund 80 000
Personen hinaus aufs Land. Die meisten Todesopfer befanden
sich unter den Zwangsarbeitern und KZ-Häftlingen, da ihnen
kein Zutritt zu den Luftschutzbunkern gewährt worden war.

Mein fast antiquarisch anmutender, hölzerner Schreibtisch mit
den geschnörkelten Eisenbeschlägen, an dem ich just in diesem
Moment sitze, ruft mir die flimmernden Schwarz-weiß-Aufnah-
men alter Wochenschauen wieder ins Gedächtnis, wenn ich bei
seinem Anblick vor meinem geistigen Auge die Farbe aus dem
Bild drehe. Der Sekretär stammt aus einem Mehrfamilienhaus,
welches nach diesen Luftangriffen mit einer komplett weggeris-
senen Außenwand stehen geblieben war. Es ist ein Gesellen-
stück meines Großonkels, der Möbelschreiner gelernt hatte. Der
Schreibtisch war anschließend von der mit Geröll verschütte-
ten Straße aus, dort oben im vierten Stock, über mehrere Wochen hin zu sehen gewesen, da er unberufen nicht mit anderen
Trümmern in die Tiefe gestürzt war. Bevor das Haus letztendlich

abgerissen werden musste, konnte das gute Stück dann noch unter Lebensgefahr geborgen werden.

Das allermeiste Hab und Gut dieser Kriegsgeneration hingegen liegt auf ewig verloren unter den Hügeln aus Kriegsschutt begraben. In manch schneearmen Wintern fördert bisweilen der Schlittenberg neben dem Rosenaustadion, eine Halde aus diesen Ruinenbruchstücken der zerstörten Augsburger Innenstadt, heute noch an den durch rutschende Kinder besonders beanspruchten Stellen zerbrochene Dachpfannen oder Ziegelscherben unter der Grasnarbe zutage.

Weit tiefer im Erdboden schlummern die letalen Zeitzeugen des Zweiten Weltkriegs. Heimtückisch warten sie darauf, im Gebiet um den Hauptbahnhof als einstigem süddeutschen Eisenbahnknotenpunkt oder dem ehemaligen Areal der Messerschmitt-Werke, bei denen man vornehmlich an Kampfflugzeuge wie die Me 109, aber auch militärischen Bedarf im Allgemeinen denkt, auf ihre Entdeckung. Immer wieder gab es in Augsburg seit 1945 an unterschiedlichsten Orten Bombenfunde.

Noch recht gegenwärtig dürfte den Mitarbeitern aller im Martinipark angesiedelter Firmen der Fund der 250 Kilogramm schweren Fliegerbombe sein, welche Bauarbeiter im Juni 2019 ausgruben. Im Mai desselben Jahres fand man eine 500 Kilogramm schwere Bombe in Lechhausen, derentwegen zwischen den Autobahnanschlussstellen Augsburg-Ost und Dasing eine Vollsperrung notwendig wurde. Auch hatten Bauarbeiter in der Nähe des Bukowina-Instituts einen weiteren Sprengsatz entdeckt, was abermals den Kampfmittelräumdienst auf den Plan rief. Dieser birgt bundesweit jährlich etwa 5500 Blindgänger. Das sind über 100 Bomben pro Woche! Zumeist kann so Schlimmstes verhindert werden. Experten gehen davon aus, dass bei mehr als fünf Millionen über Nazi-Deutschland abgeworfenen Bomben eine von zehn nicht detonierte, was den Aushub von Baugruben hierzulande in eine Art russisches Roulette verwandelt.

Allemal unvergessen bleibt der Großeinsatz, den der Fund einer fast zwei Tonnen schweren Fliegerbombe nach sich zog. Ein Baggerfahrer war am 20. Dezember 2016 in der Jakoberwallstraße mitten in der Innenstadt auf sie gestoßen. 54 000 Menschen mussten im Lauf der Folgetage wegen der potenziell gigantischen Sprengkraft, die sich beim Entschärfen hätte entladen können und den sicheren Tod aller Sprengmeister bedeutet hätte, evakuiert werden. Nachdem die tagelangen Vorbereitungen zur Räumung der Schutzzone nach Heiligabend abgeschlossen werden konnten, begann in den frühen Morgenstunden des ersten Weihnachtsfeiertages die Räumung des Zentrums. Neben dem ordensgeführten Krankenhaus Vincentinum, der dazugehörigen KVB-Bereitschaftspraxis, dem Luxushotel „Maximilian`s" (bislang eher unter seinem von 1495 bis 2020 gültigen Namen „Drei Mohren" bekannt) mussten unzählige weitere Einrichtungen sowie unzählige betroffene Privathaushalte geräumt werden. Nicht nur in den Notunterkünften an der WWK-Arena und der Schwabenhalle der Augsburger Messe, sondern im gesamten Umland war bei angehaltenem Atem die Anspannung in der gesamten Stadt zu spüren, während die drei Sprengmeister einen kühlen Kopf zu bewahren hatten. Berufsfeuerwehr, Polizei, das Technische Hilfswerk, die Johanniter und die Malteser, ein Zusammenschluss privater Rettungsdienstunternehmen, Ortsverbände aus Augsburg und den angrenzenden Gemeinden sowie Einsatzkräfte der Sanitätsdienste, kurz, alle waren bei der größten Evakuierungsaktion Deutschlands seit Kriegsende entweder auf den Beinen oder in Rufbereitschaft.

Vor dem Abwurf solch tödlicher Frachten, die durch ihre Ausmaße ohnehin schon die starken Detonationswellen potenzierten, war ein zynischer Weihnachtsgruß der Luftstreitkräfte der Royal-Air-Force-Truppen in großen, weißen Lettern auf die Kapsel des „Blockbusters" (Wohnblockknackers) vom Typ HC 4000 geschrieben worden: Happy X-Mas Adolf!

Als dann endlich um 18.52 Uhr die erlösende Meldung von Oberbürgermeister Dr. Kurt Gribl aus dem Pressezentrum im Kongress am Park kam, dass das Ungetüm erfolgreich unschädlich gemacht werden konnte und die Schutzzone ab 19 Uhr aufgehoben werden würde, ging dieser Tag für die in ihre Wohnungen und Häuser zurückkehrenden Menschen in einer für Weihnachten programmatischen Prozession zu Ende. Friede auf Erden den Menschen guten Willens – ganz so, wie im Lukasevangelium im ursprünglichen Sinn der eigentlichen Botschaft gedacht.

Und wo ist die Fliegerbombe jetzt? Sie wurde zwei Tage nach ihrer Entschärfung abtransportiert, um weiter zerlegt zu werden. Ihr Zielort allerdings bleibt ein Geheimnis, das weder von den offiziellen Stellen noch dem Kampfmittelräumdienst nach solchen Einsätzen jemals preisgegeben wird.

Stolpersteine

Man sieht nur das, was man weiß. Heute fallen mir die glänzenden Metalltäfelchen mit den Namen und Lebensdaten der Opfer auf. Während meiner ersten Jahre in Augsburg bewohnte ich eine eher reizlose Zweizimmerwohnung im Stadtteil Pfersee in der Leonhard-Hausmann-Straße. Mit „Pferden" hat der Stadtteil nichts zu tun. Sein Name geht auf das althochdeutsche Wort „Perz" zurück, was „Pforte" bedeutet. Er hat mit dem seit 1875 nicht mehr existierenden römischen Kastell an der heutigen Luitpoldbrücke über die Wertach, welches als „Pforte" oder „Pfersee" bezeichnet wurde, zu tun.

Leonhard Hausmann

Über den Straßennamen hingegen machte ich mir nie Gedanken, wie oft ich ihn auch bei Behörden oder als Absender auf Briefkuverts zu Papier bringen musste. Leonhard Hausmann war gebürtiger Augsburger, geboren 1902. Neben seinen Arbeitsstellen bei der Papierfabrik Haindl, vormals eine Papiermühle am Malvasierbach, und bei der Thosti Bau AG, innerhalb derer er als aktiver Gewerkschafter im Betriebsrat auftrat, war er Mitglied des Kommunistischen Jugendverbandes sowie bei der KPD. Im Rahmen seiner politischen Arbeit wurde er in den Augsburger Stadtrat gewählt und übernahm ein Jahr vor der Machtergreifung Hitlers die Funktion des Leiters des KPD-Unterbezirks Augsburg. Hierfür wurde er auf einer einjährigen Schulung in der Sowjetunion ausgebildet. Darüber hinaus war er Herausgeber der KPD-Zeitung „Die Rote Vorstadt". Mit der Übernahme der Regierungsgewalt durch die Nationalsozialisten blieb Hartl, wie er von seinen Freunden genannt wurde, nichts anderes übrig, als bei einem seiner Genossen unterzutauchen. Bald jedoch entdeckten ihn die NS-Häscher. Er wurde auf offener Straße festgenommen und nach Dachau ins KZ gebracht. In einer linientreuen Pressemitteilung hieß es, der Gefangene sei bei einem Fluchtversuch trotz mehrmaliger Warnungen durch den verantwortlichen Wachmann erschossen worden. Letztlich stellte sich heraus, dass Leonhard Hausmann von dem Augsburger SS-Scharführer Karl Ehmann, einem bereits auffällig gewordenen, despotisch und sadistisch veranlagtem Schergen in eine Waldlichtung befehligt und dort aus wenigen Zentimetern Abstand erschossen worden war. Der 1933 begonnene Prozess gegen den Mörder wurde bis nach dem Krieg nicht zu Ende geführt. Das Urteil lautete dann auf eine mehrjährige Gefängnisstrafe. Nach dem Einzug der Nationalsozialisten ins Rathaus war Leonhard Hausmann das erste Augsburger Opfer.

Babette Kerl

Babette, die Tochter von Klara und Nikolaus Kerl, besuchte ab 1908 die Grundschule Maria Stern. Ihre Noten waren überdurchschnittlich. Mit Ende der Grundschulzeit erfuhr das Mädchen allerdings gesundheitliche Einschränkungen, da sie in immer kürzer werdenden Abständen an epileptischen Anfällen litt, welche auch ihre schulische Leistungsfähigkeit einschränkten. Auf Anraten der Mediziner wurde Babette 1915 ins Schutzengelheim eingewiesen, eine Einrichtung für Menschen mit Behinderung. 1930 wurde ihr in einem ärztlichen Zwischenbericht angeborene Fallsucht attestiert. 1940 stand Babettes Verlegung nach Kaufbeuren in eine Heil- und Pflegeanstalt an. In der neuen Einrichtung wiesen die ärztlichen Beobachtungsbögen die Patientin als ausnahmslos positiv aus: „Nach einer verständlichen Eingewöhnungsphase nimmt die Kranke das Geschehen ausgesprochen wachsam zur Kenntnis. Sie ist weder langsam noch verschlafen, noch macht sie einen schwerfälligen oder dummen Eindruck. Sie ist praktisch talentiert, zeitlich sowie örtlich sehr gut orientiert und versorgt sich

Der Künstler Gunter Demnig begann im Jahr 1992 mit dem Verlegen der Stolpersteine, um an die Menschen zu erinnern, die dem Nationalsozialismus zum Opfer fielen.

selbst. Überhaupt ist sie nicht bösartig, nachträglich oder grantig."
Babette Kerl wurde Opfer der sogenannten Aktion T4, einer
systematischen Ermordung von mehr als 70 000 Menschen
mit körperlichen, geistigen und seelischen Behinderungen in
Deutschland. Drei Gutachter entschieden damals aufgrund der
Meldebögen, nicht aufgrund eigener Untersuchungen über Tod
oder Weiterleben der Patienten: „[…] Nach abstraktem Wissen
gefragt, versagt die Kranke völlig. […] Etwa jeden Monat hat sie
einen Anfall. […] Durch ihre Geschäftigkeit verdeckt sie sehr gut
den intellektuellen Defekt."
Babette Kerl wurde mit 22 weiteren Frauen aus Augsburg in die
Tötungsanstalt nach Schloss Hartheim bei Alkoven in Oberös-
terreich deportiert und am selben Tag vergast.

Rudolf Hirschmann

Rudolf Hirschmann wurde nach seiner Hochzeit mit Rosa Le-
vite im Jahr 1900 sein Elternhaus samt Metzgerei in der Ka-
tharinengasse 15 überschrieben. Er führte die Tradition des
seit Generationen bestehenden Berufsstandes fort und erhielt
als Metzgermeister, neben der Genehmigung für den Verkauf
von Fleisch- und Wurstwaren, alsbald die für Geflügel. Er diente im Ersten Weltkrieg und stellte seine Vaterlandsliebe mehr-
fach unter Beweis. Seine Eltern hatten, wie annähernd alle in
Schlipsheim ansässigen jüdischen Bewohner, 1865 den Ort
verlassen und waren nach Augsburg gezogen. Dieser Umstand
wurde dem verdienten Kriegsteilnehmer durch die Nürnberger
Gesetze von 1935 zum Verhängnis. Schon seit April 1933 war
die Metzgerei Hirschmann vom Boykott jüdischer Geschäfte
stark betroffen. Demütigungen und Verleumdungen gehörten
zur Tagesordnung. Kontakt mit anderen deutschen Bürgern war
unter Strafe gestellt worden. Die Richtlinien zum Verfahren mit

jüdischem Vermögen ordneten ab 1938 an, dass alle Erwerbszweige sowie Besitz von Grund und Boden verkauft werden mussten. Folglich ging auch das Anwesen Hirschmanns samt Metzgerladen inklusive aller Einrichtungsgegenstände und des Nebengebäudes für die Hälfte des eigentlichen Wertes an eine sogenannte arische Metzgerfamilie.

Vom verbleibenden Vermögen musste Rudolf Hirschmann die Judenvermögensabgabe in Höhe von 6600 Reichsmark, nicht mit inbegriffen einer weiteren Zwangsabgabe von mehreren tausend Reichsmark, bezahlen. Zusätzlich wurde bestimmt, dass die Familie Hirschmann eine Reichsanleihe von 3000 Reichsmark zu erwerben hatte und ergänzende Abgaben zur Reichsvereinigung entrichtet werden mussten. Das Sperrkonto Hirschmanns, dem unter Androhung einer Gefängnisstrafe nicht mehr als 600 Reichsmark entnommen werden durfte, belief sich nach alledem auf 210 Reichsmark. Damit hätten alle Lebenshaltungskosten einer mehrköpfigen Familie bestritten werden sollen. Als der fast 70-jährige Rudolf Hirschmann 1941 versuchte, sich ohne Lebensmittelkarte etwas Fleisch zu besorgen, wurde er verhaftet und am 8. August ins Konzentrationslager nach Dachau gebracht. Seine Deportation von Dachau nach Hartheim erfolgte im Januar 1942, wo er unmittelbar an seinem Ankunftstag vergast wurde.

Durch das Euthanasieprogramm, dem Babette Kerl zum Opfer fiel, wurden von 1940 bis 1941 über 18 000 Menschen ermordet. Der nach nationalsozialistischem Sprachgebrauch bezeichneten „Sonderbehandlung 14f15", die nichts anderes als „Tötung" bedeutete, fielen von 1941 bis 1944 über 12 000 Menschen zum Opfer – Rudolf Hirschmann war einer von ihnen.

An all jene erinnern die Stolpersteine, namentlich und stellvertretend.

Vom Käfig in die große Freiheit

Zwölfmal schlägt es vom 70 Meter hohen Perlachturm in der Augsburger Innenstadt, dem im 10. Jahrhundert einst als Wachturm erbauten und heute im Ensemble zusammen mit dem Rathaus als Wahrzeichen der Reichsstadt bekannten, fürstlichen Aussichtsturm. Es ist verkaufsoffener Marktsonntag, ein ganz besonderer jedoch, denn der 29. September ist Michaelitag. Wir feiern das älteste und größte Kinderfest Deutschlands. Zu diesem Anlass erscheint in dem mit bunten Blumen geschmückten Fenster des Perlachs, wie man hier den Campanile im Volksmund gerne bezeichnet, zu jeder vollen Stunde von 10 Uhr vormittags bis zum frühen Abend das von den Kindern heißgeliebte „Turamichele". Die hölzerne Figurengruppe, bestehend aus dem goldfarbenen Erzengel Michael und dem Teufel, zeigt den Kampf zwischen Himmel und Hölle, wobei das Turamichele als überlegene Himmelsmacht triumphiert. Im Takt der Stundenschläge sticht der Cherub mit seinem scharfen Speer auf den unter seinen Füßen liegenden, dunkelrot angelaufenen Satan ein. Die sich unterhalb auf dem Rathausplatz drängelnden Mädchen und Jungen, die Jahr für Jahr voller Spannung diesem Schauspiel entgegenfiebern, zählen dabei gemeinsam lauthals jeden einzelnen Lanzenstich des Erzengels mit. Schon lange gehört es zur Tradition, dass Groß und Klein bei dieser Gelegenheit auch einen Flugwettbewerb bestreiten. Luftballons in den Farben des rot-grün-weißen Stadtwappens mit auf Zetteln geschriebenen, angehängten Augsburger Friedensgrüßen steigen auf Kommando wie eine riesige Trikolore in den Himmel. Zusammen mit den Ballons, die irgendwann als kaum mehr wahrnehmbare, gesprenkelte Tupfer im frühherbstlichen Blau entschweben, schweifen meine Gedanken ab zu sehr unver-

Die mit Friedensgrüßen auf ihren Postkarten versehenen roten, grünen und weißen Luftballons gehen am Michaelitag, dem 29. September, zu Hunderten auf die Reise.

söhnlichen Aufzeichnungen über schauerliche Vergangenheitswelten, die sich am selben Ort abspielten.

Im Jahr 1409 hatte man just an diesem Turm Käfige aufgehängt, um gegen „die stumme Sünde wider die Natur" ein Zeichen zu setzen. In den Käfigen befanden sich Menschen, die sich dieser Untugend schuldig gemacht hatten. Die Liebe zwischen Männern, das ist nichts Neues, galt seit dem Altertum allenthalben als nichts Außergewöhnliches. Recht unterschiedlich wusste man mit solchen Daseinsformen im Lauf der Jahrhunderte umzugehen. Als Schwurbruderschaften, die häufig durch eucharistische Handlungen, wie dem Vermischen oder Austauschen des Blutes durch Trinken desselbigen, besiegelt wurden, galten solche Beziehungen vereinzelt als vollwertige Lebensgemeinschaften. Sogar wurden gleichgeschlechtliche Freundespaare mitunter als Wahlbrüder geweiht und nach ihrem Tod nebeneinander beigesetzt. Anders verfuhr die Kirche später, während des Übergangs vom antiken Imperium Romanum zum Byzantinischen Reich, als beispielsweise unter Justinian Bischöfe wie Isaiah von Rhodos wegen vermeintlicher Unzucht gefoltert, oder Alexander von Diospolis gemäß den Bestimmungen damaliger Gesetze kastriert und öffentlich durch die Straßen geführt wurde. Jene schreckliche Verfehlung, die unter Christen nicht einmal genannt werden durfte, ging in Augsburg als sogenannte „Sodomitenverfolgung" in die Annalen der Stadtgeschichte ein. Die rechtlichen Bestimmungen dazu sahen unterschiedliche Hinrichtungsweisen für die vier Männer vor, deren Prozess schriftlich belegt ist. Für den Lederer, als einem Beteiligten am lasterhaften Treiben, lautete das Urteil Enthauptung durch das Schwert und anschließende Verbrennung; dies in unmittelbarer Nähe unseres Standorts, nämlich dort, wo sich aktuell der Fischmarkt befindet. Denn, so hieß es ab 1532 reichseinheitlich im Strafgesetzbuch bis zum Ende des 18. Jahrhunderts:

„Straff der vnkeusch, so wider die natur beschicht. Jtem so ein mensch mit eynem vihe, mann mit mann, weib mit weib, vnkeusch treiben, die haben auch das leben verwürckt, vnd man soll sie, der gemeynen gewonheyt nach mit dem fewer vom leben zum todt richten."

„Strafe für Unzucht, so sie wider die Natur geschieht. Ferner, wenn ein Mensch mit einem Vieh, Mann mit Mann, Frau mit Frau, Unzucht treiben, haben sie auch das Leben verwirkt, und man soll sie nach allgemeiner Gewohnheit mit dem Feuer vom Leben zum Tode richten."

Die ebenfalls am haltlosen Vergehen beteiligten drei Geistlichen unterstanden ihre Gerichtsbarkeit betreffend dem Bischof Eberhard II. von Kirchberg von Augsburg. Dieser allerdings lehnte es ab, über seine Pastoren zu richten. Er überführte die Angelegenheit an die Stadt. Nach erfolgtem Urteilspruch legten die Henker Hand an. Anders als beim Lederer schlossen sie die drei Pfarrherren in mannshohe Volieren ein, die solange am Perlachturm hochgebunden blieben, bis nach neuntägiger, belustigender Ausstellung der Hungertod ihrem Elend endlich ein Ende bereitet hatte und sie erleichtert ins ewige Blau aufsteigen durften.

Einen Räuber des Lebens beraubt

„De Woch fangt scho guat o", soll Mathias Kneißl bei seiner Urteilsverkündung gesagt haben. Galgenhumor im wahrsten Sinn des Wortes.

Wer von der Jesuitengasse kommend die Straßenbahnschienen der kopfsteingepflasterten Frauentorstraße überquert und dann seinen Weg in die schmale Karmelitengasse fortsetzt, der steuert mit Blick rechterhand auf einen dreistöckigen, auffällig nüchternen, von einer hohen Mauer umfangenen Gebäudetrakt zu, in welchem man, trotz des derzeit leergefegten Wohnungsmarkts, unter keinen Umständen eine der 270 frei gewordenen Unterkunftsmöglichkeiten jemals freiwillig hätte beziehen wollen. Vor den Fenstern sind in engen Abständen schwere Gitterstäbe angebracht, oben am Dachgesims blitzen silbrig an den Schneefängen verzinkte NATO-Stahlklingendrähte auf. Ja, sogar das Fallrohr der Regenrinne ist bis zum Boden herunter damit umwickelt. Es handelt sich bei dem Bau um die ehemalige Justizvollzugsanstalt Augsburg, die nach über 200 Jahren 2016 geschlossen wurde. Man hat das Gefängnis aus der Stadt hinaus nach Gablingen verlegt, unbewusst vielleicht auch deshalb, weil es im Herzen der Stadt stets für ein mulmiges Gefühl sorgte, eine derartige Anhäufung von Delinquenten und Gaunern in unmittelbarer Nähe zu wissen. Max Strauß, bekannt geworden durch die Maxwell-Affäre, oder Karlheinz Schreiber, wegen Schmiergeld und Steuerhinterziehung verurteilt, saßen hier ein, um bloß zwei der prominenteren Häftlinge zu nennen. Ihnen werden im Buch der Strafrechtsgeschichte jedoch keine bedeutsamen Seiten zuteilwerden – kleine Einträge allenfalls.

Anders bei Mathias Kneißl, genannt der „Kneißl Hias" oder der „Räuber Kneißl". Er ist im Lauf von über 100 Jahren zu einer sagenumwobenen Gestalt, einer Legende geworden, über die die Auffassungen innerhalb der Augsburger Bevölkerung allerdings nach wie vor auseinanderklaffen. Für die einen hat er Kultstatus, ist ein ungerecht behandelter Einzelkämpfer in der Person eines

Der schwer verletzte Mathias Kneißl (Mitte) nach der Festnahme mit zwei Krankenpflegern im Jahr 1901, wenige Monate vor seiner Exekution.

jungen Mannes, der von Kindesbeinen an in eine Außenseiter-
rolle getrieben wurde, mit all seiner Kraft um sein Auskommen
kämpfte und schließlich als Mörder hingerichtet wurde. Für die
anderen bleibt er ein skrupelloser Kleinkrimineller, der seine
Mitmenschen unbarmherzig in Angst und Schrecken versetzte. Seine umstrittene Exekution am 21. Februar 1902 hat ihn
letztendlich für einen Großteil der Menschen zu einer Art Held
stilisiert. Volkstheater greifen seine Lebensgeschichte auf, mehrere Spielfilme über ihn sind entstanden, selbst ein Kinostreifen
wurde ihm gewidmet, ein Räuber-Kneißl-Museum existiert gar.

„Ein äußerst widerwilliger und bockiger Knabe, eine Zuchthaus-
pflanze", äußerte sich sein Lehrer einst über das Kind. Als ältes-
tes von fünf Geschwistern wuchs Mathias in der Schachenmühle,
einem Wirtshaus zur Einkehr für Wilderer und Hehler, auf, gele-
gen auf halbem Weg zwischen Augsburg und Dachau. Musika-
lisch begabt, unterhielt er schon früh die Gäste in der Schänke mit
seiner Ziach. Sein Lehrer schrieb: „Versteht jetzt schon die Zieh-
harmonika besser zu handhaben als sein Lesebuch. Vielleicht ge-
länge es noch, ihn zu retten." Bereits als Knirps fiel er den Rechts-
behörden wegen einer Opferstockplünderung auf. Man empfahl
seine Einweisung in eine Besserungsanstalt.

Im Sommer 1892 wurde die Wallfahrtskirche Herrgottsruh bei
Friedberg vor den Toren Augsburgs geplündert. Schnell führten die Spuren in die Schachenmühle. Beim Versuch, Mathias
Kneißls Vater festzunehmen, wurde dieser von Gendarmen erschlagen. Die Mutter wurde verhaftet und die Kinder blieben in
der Folge sich selbst überlassen. Sein Bruder Alois geriet nach
dem tragischen Vorfall restlos auf die schiefe Bahn. Er zog steh-
lend umher und tyrannisierte mit der Waffe seines getöteten Vaters jeden, der ihm in die Quere kam. In einem Akt von Rache
und Gewalttätigkeit lauerte Alois den beiden Polizisten auf, die

seinen Vater erschlagen hatten und schoss auf sie. Die zwei Beamten erlagen ihren schweren Verletzungen. Auch Mathias wurde in diesen Schusswechsel verwickelt und landete fünf Jahre und neun Monate im Gefängnis. Sein ebenfalls inhaftierter Bruder Alois verstarb in Haft.

Mathias ergriff die ihm sich bietenden Möglichkeiten während des Freiheitsentzugs für einen Neuanfang und absolvierte im Zuchthaus eine Schreinerlehre. Die Gnadengesuche seiner Mutter um eine frühere Haftentlassung sowie das Angebot eines Verwandten, ihn in dessen Betrieb aufzunehmen, um die Haftzeit zu verkürzen, verhallten bei den Behörden. Mathias musste seine Strafe bis zum allerletzten Tag verbüßen. Gesundheitlich völlig heruntergebracht, wurde er mit 23 Jahren entlassen. Für die kurze Zeit seiner Genesung war ihm gestattet, sich von seiner Mutter, die inzwischen in München lebte, versorgen zu lassen. Im sofortigen Anschluss jedoch wurde ihm als Vorbestraftem für zwei Jahre das Aufenthaltsrecht in der Stadt entzogen.

Mathias Kneißl fand schließlich nach schier ungezählten Ablehnungen endlich eine Anstellung in einer Schreinerei. Dort wollte er sich das Geld für eine Überfahrt nach Amerika verdienen, um zum einen seine Auswanderungspläne wahrmachen zu können und zum anderen die düsteren Kapitel seiner Kindheit und Jugend endgültig hinter sich zu lassen. Doch stand schon ein halbes Jahr nach seiner Einstellung die Entlassung an. Die anderen Gesellen im Betrieb hatten den Meister bedrängt, der im Übrigen mit Mathias höchst zufrieden gewesen war, vom Hausrecht Gebrauch zu machen. Seine Historie als Knastbruder war bedauerlicherweise ans Tageslicht gekommen.

Ohne Einkommen und jegliche Aussicht auf einen redlichen Broterwerb ließ sich Mathias zu einem Einbruch bei einem Hopfenbauern überreden. Beim Versuch, die dabei erbeuteten Pfandbriefe im Wert von zweieinhalbtausend Mark zu verkaufen, flog der Frevel auf. Mathias blieb nichts als die Flucht. Mittlerweile steckbrieflich gesucht, tauchte er bei ehemaligen Bekannten seines Vaters unter. 400 Mark Belohnung waren nun auf seinen Kopf ausgesetzt. Die Landbevölkerung im weiteren östlichen Umkreis von Augsburg, die der behördlichen Hoheitsgewalt ohnehin kritisch gegenüberstand, gewährte ihm hier und dort Asyl.

Zu ihnen gehörte auch Michael Rieger, der sogenannte „Flecklbauer" in Irchenbrunn, einem kleinen Ort vor Augsburg. Er gab am 30. November 1900 Mathias Obdach, schickte aber gleichzeitig, des Kopfgeldes wegen, unbemerkt einen seiner Knechte zur Landpolizei. Einem der herbeigeeilten Stationskommandanten schoss Mathias ins Bein, um fliehen zu können. Der Gesetzeshüter verblutete vor Ort. Dem zweiten Wachmann, der möglicherweise von einem Querschläger im Unterschenkel getroffen worden war, musste sein Bein amputiert werden. Auch dieser erlag seiner Verletzung. Spätestens ab jenem Zeitpunkt galt Mathias Kneißl als Staatsfeind Nummer eins. Die auf ihn ausgesetzte Prämie wurde auf 1000 Mark erhöht – eine für damalige Verhältnisse enorme Summe. Einer intensiven Vermisstensuche gleich, durchkämmten Hundertschaften systematisch über Wochen immer wieder die Wälder. Längst bestand ein überregionales Interesse daran, den Verbrecher Kneißl endlich dingfest zu machen, wobei sich die Staatsgewalt über die Vereitelung der Mithilfe seitens der Bevölkerung vehement beklagte. „Kneißlerisch" verhielten sich die Leute, lautete der Tadel. Ein Ausdruck, der gebietsweise im schwäbischen Sprachgebrauch Einzug gehalten und bis heute Bestand hat.

Nach viermonatiger Fahndung, im März 1901, endete die fieberhafte Suche. Den ausschlaggebenden Hinweis, Mathias Kneißl würde sich in Geisenhofen aufhalten, gab eine seiner Cousinen.

150 Schutzleute wurden zusammengezogen und beschossen den ihnen genannten Stadel mit über 1500 Schuss Munition. 21 Projektile trafen dabei den unbewaffneten Mathias Kneißl. Lebensgefährlich verletzt in eine Münchner Klinik eingeliefert, überstand er die Notoperation. All der Zuspruch, der Mathias Kneißl während seines fünfmonatigen Krankenhausaufenthalts in Form von Blumen und Briefen aus der ländlichen Bevölkerungsschicht zuteilwurde, bekundete auf ungewöhnliche Weise die Sympathie, die ihm gegenüber existierte. Sie war ihm aufgrund seiner schwierigen, der Allgemeinheit bekannten Vergangenheit und trotz seiner Verfehlungen entgegengebracht worden.

Fast übereilt, nachdem man davon ausgehen konnte, dass er das Gerichtsverfahren körperlich durchstehen könne, begann der Prozess am Gericht in Augsburg. Seine Beteuerungen, dass der Schuss auf den Polizisten in Irchenbrunn allein seiner Flucht geschuldet war, jedoch keinerlei Tötungsabsicht bestand, stufte das Gericht als unglaubwürdig ein. Er wurde zum Tode verurteilt, ein Urteil, das selbst der vorsitzende Richter als strittige Entscheidung ansah. Alle Gnadengesuche bis hinauf zum Prinzregenten wurden verworfen. Um 7 Uhr morgens am Freitag, dem 21. Februar 1902, wurde Mathias Kneißl unter Ausschluss der Öffentlichkeit im Hinterhof des Augsburger Gefängnisses durch die Guillotine enthauptet.

Seine Mutter kaufte für 60 Mark den Leichnam ihres Sohnes von der Anatomie frei, um ihm ein anständiges Begräbnis zukommen lassen zu können. Nichtsdestotrotz hat der auf dem katholischen Hermanfriedhof in Augsburg Bestattete bis heute noch nicht seine letzte Ruhe finden dürfen, denn sein Schädel, den die Münchner Sammlung medizinischer Präparate bis zum Bombenangriff im Jahr 1944 für jedermann zugänglich zur Schau gestellt hatte, ist seitdem verschwunden.

Auch die Toten hören das Glockengeläut

Gleichsam den Quellen, die irgendwo im Verborgenen liegen, deren Wasser aber dennoch an die Oberfläche treten, lassen auch etliche Zeugnisse Augsburgs, die in unterschiedlicher Gestalt von diesem Spuk erzählen, spürbar werden, dass der Ursprung der Ereignisse im Geheimen liegt, in dem, was unsere Sinne nicht wahrnehmen können.

Schwebende Wassertröpfchen und winzige Eiskristalle benetzten die Luft, welche nicht mehr in der Lage war, die gesamte Feuchtigkeit aufzunehmen. Die Temperatur war weit unter den Gefrierpunkt abgesunken. Der Winter kündigte sich unweigerlich an. Wie eine nächtigende Wolke lag das nasse Grau trostlos auf dem Kopfsteinpflaster, als die Witwe durch das plötzliche Geläut der Augsburger Domglocken entsetzt hochfuhr: „Du lieber Himmel! Ich habe verschlafen." Bloß mehr eine knappe Viertelstunde, bevor man sich zu den mächtigen Orgelklängen von „Großer Gott wir loben dich" erheben würde. Das ist die Nummer 380 im Gotteslob, schoss ihr, völlig irrelevant, für einen Moment durch den Kopf.

Ohne Rücksicht auf die seit Jahrzehnten eingeschliffene Routine dessen, was sie sonst eben unmittelbar nach dem Aufstehen so machte, kleidete sie sich in Windeseile an, warf hastig ihre schwarze Pelerine über und zog die Haustür hinter sich zu. Draußen war es finster. Eisig wehte ihr ein Luftzug in das gerade noch vom Kopfkissen gewärmte Gesicht. Sie eilte, ihre bloßen Hände zum Schutz gegen die Kälte in die jeweils gegenüberliegenden Ärmel gesteckt, in Richtung der auffordernden Klänge. Jeden Stein unter ihren gehetzten Schritten hätte sie beim Namen nennen, gar blind den Weg zur Bischofskirche aufspüren können, doch noch nie, nicht seit Kindesbeinen an, war sie jemals zu spät gekommen. Fast unwirklich erschienen ihr die Silhouetten derer, welche Mal für Mal beim Öffnen der massigen Flügeltür von einer milchig leuchtenden Kontur umfangen wurden. Heute würde sie als Letzte eintreffen. Dass es auch ihr letztes Mal werden würde, ahnte sie nicht.

Endlich, exakt auf den Schlag zur vollen Stunde, betrat sie, ohne dass ihr wie sonst die fast übermächtige Zentnerlast des knarzenden Einlasses gewahr wurde, den hohen Raum des Kirchenschiffs. Krachend fiel die schwergewichtige Pforte hinter ihr in den hölzernen Rahmen. Augenblicklich umgab sie tiefschwarze Nacht, geradezu als ob sie in einen Ort der Verdammnis hinabgetaucht wäre. Allein das Nachhallen des Türschlags gab ihr eine schwache Orientierung, wobei sie Mühe hatte, ihr Gleichgewicht zu behalten. War es eine Täuschung oder spielten ihr ihre Sinne einen perfiden Streich? Träume können mitunter realistischer als die Wirklichkeit sein. Zugegeben, sie hatte am Vorabend erst spät einschlafen können, jedoch war sie sich sicher, hellwach zu sein. Unsicher tastete sie nach dem runden Messingknauf an der Türe. Während sich das wummernde Echo irgendwo in der Ferne zahlreicher Seitenaltäre verlor, gewöhnten sich ihre Augen allmählich an die Umgebung. Ein kärglicher Schein reflektierte einen diffusen Strahlenkranz auf den fahlen Steinbodenplatten. Zudem drang nun aus selbiger Richtung zart

Tafelbilder des Renaissance-Malers Hans Holbein sowie romanische und gotische Fresken zieren die Gewölbe der unter dem Westchor liegenden Krypta.

vernehmbar Gesäusel an ihr Ohr. Sie atmete auf. Die Messe war also in die Unterkirche verlegt worden. Wohl deshalb, weil sich die Anzahl der Kirchgänger in letzter Zeit immer weiter verringert hatte. Erleichtert stieg sie die Stufen zur hinteren Krypta hinab. Der Kreis versammelter Gläubiger war bereits feierlich im Gebet versammelt. Die Witwe bekreuzigte sich und kniete außen in der hintersten Bank nieder. Niemandem schien ihre Verspätung aufgefallen zu sein. Ein paar Minuten vergingen, bis sich ihr Pulsschlag wieder auf ein Normalmaß reduziert hatte.

„Die Gnade unseres Herrn Jesus Christus, die Liebe Gottes, des Vaters, und die Gemeinschaft des Heiligen Geistes sei mit euch." „Und mit deinem Geiste", erwiderte der Sprechchor fromm. Doch was waren das für sonderbar falsetthafte Stimmen? Ohne Atem, ohne Resonanz, ganz als ob die Laute aus fremden, dumpfen Sphären zu ihr dringen würden. Wer waren diese anderen?

„Wir bekennen, dass wir Gutes unterlassen und Böses getan haben." Sie blickte nach rechts. Die Gestalt neben ihr wandte schleppend den Kopf herüber und sie sah direkt in die tiefen, aschgrauen Augenhöhlen und maskenhaften Züge des wachsfarbigen Gesichts einer kürzlich verstorbenen Mitbewohnerin aus dem Vorderhaus.

„Beim heiligsten Herzen Jesu, was machst du denn hier?", hauchte sie. „Unser Pastor hält eine Messe für uns. Lass die anderen Geister mitbekommen, dass du als einzige Lebende unter uns bist und du wirst das Tageslicht nie wieder sehen. Sie werden dich bei sich in der Unvergänglichkeit behalten wollen. Mach, dass du unbemerkt fortkommst!"

Ein grausiger Schauer erfüllte ihre Glieder. Überstürzt erhob sie sich, um zu fliehen, doch blieb der Saum ihrer schwarzen Pelerine am schwenkbaren Kirchenbankhaken hängen, so dass in den kurzen, fatalen Moment der Stille hinein deutlich hörbar wurde, wie der Stoff zeriss. Die Totengeister waren aufmerksam geworden. Mit langen Schritten, jeweils zwei Treppenstufen auf einmal nehmend, stob sie die Treppe hinauf und dem Ausgang entgegen. Die Manen, um ihres Opfers habhaft zu werden, flogen auf Tuchfühlung wie ein gallebitterer Windhauch hinter ihr her. Die schwebenden Knochengeripe im Nacken, erreichte sie das Portal, stieß es mit einem harten Tritt auf und sprang ins Freie. Von außen warf sie ihren nach Luft schreienden Körper mit aller Macht gegen das schwere Türblatt und verharrte wie gelähmt in ungelenker Starre solange, bis der erste Lichtstrahl der aufgehenden Morgensonne die Turmkugel sanft berührte. Danach brach sie auf dem Pflaster zusammen.

Obgleich der Küster, der sie dort nur wenig später auffand, ihren nahezu leblosen Leib schleunigst ins Sanatorium bringen ließ, kehrte sie nie wieder ins Diesseits zurück. Ihre wenigen verbleibenden irdischen Tage verbrachte sie in schwerstem Siechtum und mit dem Mitternachtsgeläut der Hohen Domkirche Mariä Heimsuchung zu Augsburg erlosch ihr Leben am darauffolgenden Sonntag.

Der erste Tod

Sie alle sind den ersten Tod gestorben, ihrem zweiten werden sie erliegen, wenn man sie einst vergessen haben wird.

Thales von Milet, einer der sieben Weisen, soll gesagt haben, das Prinzip aller Dinge ist Wasser. Aus Wasser ist alles und ins Wasser kehrt alles zurück. Augsburg trägt diesem Prinzip in vielerlei Hinsicht Rechnung. Da sind die beiden Flüsse Lech und Wertach, die am nördlichen Ende der Wolfzahnau zusammenfließen. Da sind die Bäche im Umland, die gewissermaßen zahllosen Kanäle der Altstadt als Kernbestandteil historischer Wasserwirtschaft und die von kunstbegnadeter Meisterhand erschaffenen Brunnen, wie der des Merkurs, der von Herkules oder Augustus. Ein feudales, schmiedeeisernes Schutzgitter vereitelt Touristen den Zugang zum Beckenrand von Letzterem. Das Areal um ihn herum ist schmuck gepflastert. In den Jahren 1588 bis 1594 wurde er modelliert, wenige Jahre, nachdem unser Kapitel hier enden soll. Der schicksalshafte Ort, an dem er steht, birgt Schauder, selbst wenn er in seiner einstigen Bestimmung als solcher heute nicht mehr existiert. Nur mehr durch die Überlieferungen seiner Geschichten, von Generation zu Generation weitergetragen, erzählt er von dem, was einmal war. Und selbst wenn diese Stätte mittlerweile längst neuen Aufgaben dient, wirkt sie im kollektiven Gedächtnis schwäbischer Vergangenheit dennoch nach.

Wir schreiben das 12. Jahrhundert. Aufgrund der von Kaiser und König der Reichsstadt eingeräumten Sonderrechte, etablierte Augsburg nach und nach seine eigene Justiz. Bereits das älteste bekannte Stadtrecht von 1156 unterschied im Kontext der Gerichtsbarkeit verschiedene juristische Zuständigkeitsbereiche zwischen dem bischöflichen Burggrafen, dem Stadtvogt sowie der Stadtgemeinde. Zu den Verbrechen, die bei Verurteilung unausweichlich zum Tode führten, zählten Mord, Raub, Teufelskunst, Hexerei oder Zwangsschändung und, je nach Delikt sowie Herkunft des Gesetzesbrechers, wurden die Urteile entweder durch Erhängen, Kreuzigung, Flammentod, Erdrosselung, Pfählung, Steinigung oder andere Gräuel vollzogen. Da mag es einem geradezu mildtätig erscheinen, wenn für blaublütige Halunken oder anderweitig höhergestellte Personen das Privileg des Enthauptens durch das Schwert zur Anwendung kommen durfte. Wie gut, dass die zeitliche Distanz vieler Jahrhunderte dazwischenliegt und somit die Realität der aufs Pflaster schlagenden, abgehackten Schädel, die zugehörigen Torsos zurücklassend, aus denen es noch kurzzeitig rot pulsierte, in weite Ferne rückt! Strafvollzüge wurden jedenfalls unter großer Anteilnahme der Augsburger Bevölkerung am eingerichteten Exekutionsplatz, also in unmittelbarer Nachbarschaft des Augustusbrunnens, der heute auf dem Rathausplatz so friedlich plätschert, durchgeführt.

Wir wechseln den Standort und gelangen so vor die nächste Kulisse. Sie stammt aus einer etwas späteren Epoche, nämlich aus den Jahren nach 1640. Ab jener Zeit nämlich befand sich die Hinrichtungsstätte auf einer Erhebung etwas außerhalb der Stadtmauern mit dem treffenden Namen „Im Galgental". In dieser Senke, wo die Grenzen des heutigen Stadtteils Pfersee und Kriegshaber aufeinandertreffen, vollstreckte das Augsburger Hochgericht. Die letzte wegen Raubmords dort durchgeführte Todesstrafe ereilte Georg Rauschmayr vor noch nicht einmal 200 Jahren.

Der dritte Schauplatz liegt bloß ein kleines Stück weiter nördlich. Hier fand der Vollzug Verurteilter durch Ertränken in der Wertach statt. Neun derartige Hinrichtungen an Frauen sind im Archiv seit dem Mittelalter aktenkundig geworden. Kindsmorde, die in aller Regel Abtreibungen waren, Blutschande, aber ebenso Ehebruch, meist durch Nötigung an schuldlosen Dienstmädchen oder Mägden unterer Volksschichten erzwungen, zogen diese fatale Folge nach sich. Der damaligen Überzeugung entsprach es, dass sich im Ertränken einer Schuldigen ein göttlicher Läuterungscharakter offenbaren würde, der sowohl das Opfer als auch die betroffene Gemeinschaft vor der Entrüstung himmlischer Führung bewahren und alle Beteiligten reinwaschen würde. Für die am Gesetzesbruch beteiligten, männlichen Übeltäter

Es ist fast, als ob die ergreifende Rede des Kaisers an seine Stadt nördlich der Alpen hörbar werden würde.

hingegen ging die Entgleisung mit ein paar Hieben, im schlimmsten Fall einem Stadtverweis, für gewöhnlich jedoch straffrei aus.

In diesem Zusammenhang stand die, dem damaligen Aberglauben geschuldete Furcht, dass die ruhelose Seele eines Selbstmörders, der, um seiner gerechten Strafe zu entgehen die Flucht im Freitod gesucht hatte, mit satanischen Verlockungen wiederkehren würde. Man behalf sich deshalb mit dem sogenannten „Rinnen". Den Leichnam einer derart aus dem irdischen Dasein geschiedenen Person übergab der Henkersknecht einem Holzfass und dieses wiederum dem Wasser der Wertach. Während der Jahre zwischen 1555 und 1678 gelangten so mehr als 87 Tote aus Augsburg hinaus. Die fälschlicherweise für mit Weinbrand gefüllt gehaltenen, weiter flussabwärts ans Ufer geschwemmten Fässer sorgten infolgedessen wiederholt für delikate Überraschungen bei den jeweiligen Findern.

Das wohl bekannteste Opfer, das den Wassertod starb, war die Augsburgerin Agnes Bernauer, deren Leben und Ermordung in mehreren literarischen Werken verarbeitet wurde. Sie soll um 1410 in Augsburg geboren worden und von reizendem Antlitz gewesen sein – zart und mit prachtvoll blondem Haar. Sie und Herzog Albrecht III. waren sich bei einem Turnier auf dem Domplatz zum ersten Mal begegnet. Anschließend muss Albrecht, aus dem Hause Wittelsbach stammend, sie nach München geholt haben. Was für die beiden das Glück der großen Liebe war, stellte für Herzog Albrechts Vater die Misere schlechthin dar und sorgte für eine zunehmend spürbare Trübung des Vater-Sohn-Verhältnisses während dieser sechsjährigen Romanze. Herzog Albrechts Vater ließ, während einer kurzen Abwesenheit seines Sohnes, ihre rechte Hand an ihren linken großen Zeh und ihre linke Hand an den rechten fesseln, bevor er sie ohne ordentliches Gerichtsverfahren ersaufen ließ.

Ein weiteres erschütterndes Ereignis liegt den Strafakten im Fall von Walburg Seitz aus dem Jahr 1569 vor, der in Allmannshofen, einer kleinen Gemeinde im Norden des Landkreises Augsburgs, tätigen Dienstmagd. Ihre Liaison mit dem unvermählten Michael Falck führte zu einer Schwangerschaft und tragischen Frühgeburt. Obgleich einiger Verdachtsmomente auf die anderen Umstände von Walburg Seitz, gelang es ihr, die Tragödie sowohl vor ihrem Partner als auch vor der Familie ihres Lohnherrn zu verheimlichen. In ihrem Unglück und Herzweh floh sie an Weihnachten 1568 nach Augsburg. Nachdem der tote Fötus gefunden und ein ärztliches Gutachten erstellt worden war, gestand die Geflohene unter Folter, was sich zugetragen hatte. Am 27. Januar 1569 wurde Walburg Seitz durch Ertränken in der Wertach hingerichtet.

Aus Wasser ist alles, ins Wasser kehrt alles zurück und Augsburg hat diesem Prinzip Rechnung getragen – in vielerlei Hinsicht.

Flüsterndes Gemäuer

„Als man zält m.ccc.lxxiiii an sanct peters und sanct pauls tag. umb vesper zeit, als kayser fridrich hie zu Augspurg. was in dem sal der kirchen, starben der wirdig herr Jeronimus Leyber licenciatt und pfarrer dieser kirchen, herr Tomas Eber sein helfer mit sampt xxx personen, die da ferfiellen den gott genedig und barmherzig seye."

So lautet es in Frakturschrift auf einer hölzernen Gedenktafel, die etwa um 1500 angefertigt worden sein muss und heute im Inneren der Basilika St. Ulrich und Afra ihren Platz gefunden hat. Frühen Chronisten zufolge wütete wenige Jahre zuvor, genauer am 29. Juni 1474, über ganz Schwaben ein entsetzlicher Wirbelsturm, der nicht nur Dachpfannen von den Häusern fegte oder ganze Turmdächer abdeckte, sondern etliche Teilabschnitte der Stadtmauer zerstörte. Selbst den Augsburger Galgen, samt daran aufgeknüpfter Diebe, riss dieses Unwetter mit sich und brachte den unvollständigen Rohbau der neuen Kirche der Benediktinerabtei St. Ulrich zum Einsturz. Letzteres veranlasste zu mancherlei eigentümlicher Mutmaßung. Sechs Jahre war es her, dass das umfangreiche Bauvorhaben beschlossen worden war, letztlich um dem Reichtum und Stolz des Klosters seinen angemessenen Ausdruck zu verleihen. Doch es heißt nicht umsonst: Sonntag Gottes- und Montag Teufelsdienst. Denn so wurden an jenem Wochenbeginn 32 Kirchgänger durch die im Orkan herabstürzenden Ziegelsteine und Balken sowie einbrechende Mauern erschlagen.

Dort, wo heute die Basilika am Südende der Maximiliansstraße mit ihrem 93 Meter hohen Turm weit ins Land hinaus sichtbar emporragt, kommt sie dem Himmel ein kleines Stück näher. Nachweislich hatten vom achten bis zum fünfzehnten Jahrhundert schon mehrere Kirchenbauten dort gestanden, die aus Wallfahrtsstätten zur Huldigung der heiligen Afra hervorgegangen waren. Die Augsburger Bischöfe Simpert und Ulrich fanden hier ihre letzte Ruhe. Einen dem Karolingerreich entstammenden Andachtsort beherbergte der Platz zunächst. Ihm schloss sich ein frühromanischer Bau an, bis dass der Grundstein für den prächtigen, spätgotischen Neubau, nach den Entwürfen von Hans von Hildesheim, gelegt werden konnte. Zu dessen Umsetzung hatten die Geldgeber und kirchlichen Entscheidungsträger all ihre Hoffnung in den Straßburger Baumeister Valentin Kindlin gesetzt, der die ehrgeizigen Pläne mit tonangebender Hand rasch in Angriff nahm.

Alsbald also ragten die Streben der Holzgerüste himmelwärts. Binnen kurzem wuchsen die Säulen und Wände höher und höher nach oben. Doch mit jeder vergangenen Woche, in der das Gotteshaus an Größe und graziöser Anmut gedieh, blieben mehr und mehr Arbeiter dem Bauplatz fern. Die kalten Wände waren zum Leben erwacht. Ihre Steine hauchten sich, unverständlich zwar, gedämpft Wortfetzen zu. Die gewaltigen Konstruktionen murmelten und tuschelten, wodurch sich die damit einhergehende Furcht innerhalb der arbeitenden Belegschaft wie ein Gift ausbreitete. Das Raunen und Dibbern des Gebäudes nahmen stetig zu, bis zu guter Letzt bloß diejenigen geblieben waren, die durch ihre dortige Stellung den Broterwerb ihrer Familien sichern mussten. All die anderen hielten sich fern vom Gewerk. „In den grauen Wänden zischeln die Totengeister derer, die uns vorangegangen sind. Wir bereiten ihnen mit unserem täglichen Umtrieb Ungemach. Wir stören mit unserer Anwesenheit ihren Frieden!", so ging das Tagesgespräch, welches die Gesellen mit den Lehrjungen und die Handlanger mit den Tagelöhnern führten. Dies plagte den Baumeister hochgradig, der das Ganze für nichts als hysterisches Getue des gemeinen Pöbels hielt, welcher nichts Besseres zu tun hatte, als sich in seiner abergläubischen Dummheit zu ergehen. So kam es, dass ihm am Ende einer langen Arbeitswoche zur Abendstunde der Kragen platzte: „Wie bar jeglichen Verstandes kann die Kreatur Mensch denn noch sein! Wände treiben keine Heimlichkeiten, noch führen sie Unterhaltungen miteinander!"

Am übernächsten Morgen jedoch, vor Tagesanbruch in aller Herrgottsfrühe, hämmerte es an seine Tür. Gänzlich außer Atem und völlig aufgebracht, jedoch nicht in der Lage ein klares Wort von sich zu geben, stand einer seiner Getreuen vor dem Haus. Ein orkangleicher Sturm war über Nacht aufgezogen. Valentin Kindlin begriff im Nu, dass er schnellstens zur Baustelle kommen musste. Schwerer Regen peitschte den beiden in die Augen. Bald nahmen die Böen ihnen die Luft zum Atmen. Jede

Wie viel mehr schriftlichen Beweis als diese hölzerne Gedenktafel in der Bartholomäuskapelle im Inneren der Päpstlichen Basilika von St. Ulrich und Afra kann es für die Ereignisse um den 29. Juni 1474 geben?

Verständigung war durch die fortgesetzt energisch aufbrausenden Wirbel unmöglich geworden. Dessen ungeachtet, bedurfte es aber keiner klärenden Worte mehr, denn der Baumeister ahnte schon, was vorgefallen war: Die Mauern flüsterten wieder miteinander. Trotzig gegen den wütenden Wind anstemmend, gelangten sie zur fast fertigen Kirche und betraten den Innenraum. Es war dunkel im Kirchenschiff und neben dem leisen Raunen weniger Gläubiger, die sich am provisorisch errichteten Hauptaltar zur Morgenmesse versammelt hatten, war ein seltsames hohles Säuseln von der Südwand her zu vernehmen. Verunsichert trat Valentin Kindlin an die Stelle, auf die sein Begleiter deutete, und legte sein Ohr an die Wand. Ein eisig frischer Schauer lief ihm über den Rücken. Heißes Blut schoss glühend in seinen Nacken bis hinter die Stirn. Jetzt hörte er es ebenfalls, und zwar ganz deutlich, dieses hohle, unheimliche Schwirren, welches klarer und klarer wurde. Er vernahm Wörter, kurze, eindringlich dröhnende Sätze. Immer wieder die gleichen: „Wir stürzen ein! Wir stürzen ein! Wir stürzen ein!" Das Grauen erfasste den Baumeister. „Raus hier! Raus!", brüllte er den Gläubigen vor dem Hauptalter zu, so dass sich seine Stimme schrill überschlug: „Raus hier! Die Wände stürzen ein!"

Valentin Kindlin und die Gläubigen stürmten aus der Kirche, deren Mauern bedrohlich anfingen im Sturm hin- und herzuschwanken. Kaum hatte der Baumeister seinen Fuß über die Kirchenpforte gesetzt, neigte sich der Bau mit ohrenbetäubendem Knarzen zur Seite und brach, alles und jeden in eine aufsteigende Staubwolke hüllend, in sich zusammen. Zwei Geistliche und 30 Gläubige wurden unter den Trümmern begraben, keiner überlebte.

Licht aus

Es war kurz nach 20 Uhr. Fast alle Plätze auf dem Balkon und in den Logen waren besetzt. Unmerklich, fast wie von Geisterhand wurde das Saallicht vorübergehend sanft heruntergedimmt, während sich zeitgleich der Vorhang öffnete. „Ihre Fenster werden netter mit Gardinen Vetter!" oder „Schieb ein Riegele vor!" Knisternde Werbeslogans, wie die des Augsburger Einrichtungshauses oder der örtlichen Traditionsbrauerei Riegele sowie anderer ortsansässiger Firmen, reihten sich wie schlecht belichtete Dias aneinander. Vorfilme anlaufender Produktionen, die das Publikum in ihren Bann zogen, waren eher eine erfreuliche Ausnahme. Bevor allerdings der Hauptfilm begann, schloss sich der Vorhang erneut. Es wurde wieder hell im Saal und die Dame, die wenige Augenblicke zuvor noch an der Kasse gesessen hatte, bot aus ihrem Bauchladen heraus Süßigkeiten an: „Eiskonfekt, Langnese Eiskonfekt." Unterdessen betraten ein paar verspätete Besucher den Raum und steuerten seitlich durch die Reihen auf freie Plätze zu. „Eiskonfekt. Noch jemand Eiskonfekt?" Dann wurde das Licht gänzlich gelöscht. Alles Dunkelrote im Raum, sämtliches im Jugendstil gehaltene Interieur verfärbte sich vermeintlich schwarz und der Vorhang schwebte für den Hauptfilm ein zweites Mal zur Seite. Endlich konnte es losgehen.

Heutzutage sitzen wir beim Kinobesuch bequem in weich gepolsterten Sesseln vor einer riesigen Leinwand. Es laufen 3D-Filme, die bei uns einen tiefen Eindruck, einen Tiefeneindruck sogar, entstehen lassen. Die an der Decke aufgehängten Hochtechnologie-Lautsprecher versetzen uns zudem akustisch mitten ins Geschehen.

Dass das nicht immer so war, wusste Kinobetreiber Max Kullmann, der in Augsburg am Moritzplatz 25 die „Palast-Lichtspiele"

Wie eh und je, vor der Hausfassade des ehemaligen Filmtheaters
Capitol spielt sich ein Großteil des Augsburger Nachtlebens ab.

oder das „PALI", wie auf die Stirnseite des Gebäudes geschrieben war, betrieb. Rasch wurde das Lichtspieltheater umbenannt.
In beinahe mannshohen, roten Lettern war dann der Schriftzug
„CAPITOL" auf dem Vordach des Gebäudes zu lesen, als das
es sich ins Gedächtnis der Augsburger eingeprägt hat. Links
und rechts davon thronen heute noch, erhöht auf einem Simms,
vier weiße Steinfiguren und rahmen die Fassade ein. Bevor das
Filmtheater im Oktober 1919 einzog, beherbergte der Bau den
Gambrinuskeller, eine Pinte gleich dort am Judenberg. Nach einem Vermerk der München-Augsburger Abendzeitung vom 24.
Juni desselben Jahres, fand „lichtscheues Gesindel darin einen
von der Polizei vielfach erfolglos bekämpften Unterschlupf". Mit

dem Wandel, weg von der einfachen Kaschemme, avancierte die Adresse zur attraktivsten am Platz.

Eine Art Vorgänger des Capitols waren die Schausteller mit ihren Kinematographen auf den Augsburger Dulten. Hier konnte man im Stehen drei- oder vierminütige Schwarzweißfilme sehen. Am 19. Oktober 1896 strömten Neugierige scharenweise ins Kaffeehaus Mercur, um sich dort unter staunender Begeisterung bewegte Bilder eines solchen Apparates anzusehen. Im Oktober 1901 spielte dann zum ersten Mal ein gleichartiges Filmgerät auf der Lechhauser Kirchweih und beim Osterplärrer 1906 lockte ein Riesen-Kinematograph als wunderliche Attraktion die Menschenmengen an. Boxende Kängurus oder den in einen Bahnhof einfahrenden Zug flimmerten anno dazumal über die Mattscheiben. Im Glauben, die auf einen zusteuernde Lokomotive könnte die Leinwand verlassen, machten die Bilder, die laufen gelernt hatten, nicht nur den Augsburgern Beine. Bei einem wöchentlichen Durchschnittslohn eines Augsburger Arbeiters von 13,95 Mark, ein arbeitender Jugendlicher verdiente damals 8,80 Mark, stellten sich die gestaffelten Eintrittspreise zwischen 20 Pfennig und 1 Mark für solch ein Amüsement als durchaus erschwinglich dar.

Mit der Zeit und den immer länger werdenden Spielfilmen mauserten sich die Kinobesuche im Capitol zu festlichen Gelegenheiten, welche ein entsprechendes Publikum in eleganter Garderobe voraussetzten. Pianisten, zuweilen sogar kleine Orchester der Stadt, verdingten sich hierbei durch ihre musikalische Begleitung der noch stummen Filme. Eine Kinoorgel produzierte überdies lautmalerisch die nicht vorhandenen Geräusche, wie das Schnauben und Pfeifen herandonnernder Dampfloks.

Das Augsburger Capitol vereint allerdings nicht allein bloße Kinogeschichte um die Jahrhundertwende. Das Haus ist gepaart mit den kulturgeschichtlichen Abschnitten Bayerns und Deutschlands, beginnend mit dem Wilhelminischen Zeitalter, der Phase der Währungsreform, der Dauer des Zweiten Weltkriegs, der Gründung der Bundesrepublik Deutschland bis zehn Jahre nach dem Mauerfall – von Krisen und Erfolgen geprägte Epochen.

Ein Beschwerdebrief des Domkaplans von 1910, der Bedenken wegen der verzückten Jugendlichen nach dem Besuch von Liebesfilmen erhob, steht nur stellvertretend für das immer wiederkehrende Thema Zensur. Die aus damaliger Sicht erotischen oder gewaltverherrlichenden Szenen mussten letztlich alle entfernt werden. Genauso hatten die öffentlich aufgehängten Plakate, welche mit ihren großen Papierflächen und „schreienden Farben das Auge von Passanten beleidigten", wie es hieß, aus den Aushängen zu weichen.

Im Frühherbst 1923 bezahlte man im Capitol ein Eintrittsgeld von 500 000 Mark für den Besuch einer Vorstellung – ein günstiger Preis, wenn man die weitere Entwicklung betrachtet. Ende November kostete ein Ei 320 Milliarden, ein Liter Milch 360 Milliarden und eine Straßenbahnfahrt vom Moritzplatz nach Hause 50 Milliarden Mark.

Während der Weimarer Republik bis zur Machtergreifung 1933 flirrten Reportagen der modernsten, technischen Errungenschaften, Aufzeichnungen der Massenwallfahrten nach Lourdes und gegen Ende dieser Epoche die aufmarschierenden Soldaten der deutschen Reichswehr vor Paul von Hindenburg über die Projektionswand. Später machten sich die Nationalsozialisten die ersten filmeigenen Töne und ab 1939 die ersten Farben für propagandistische Zwecke zunutze. So dienten auch Augsburgs Filmpaläste, um beispielsweise im Jahr 1941 den Angriff des Ostheers auf die Sowjetunion auf hetzerische Weise zu unterstützen. Mit Sondervorführungen vor Kriegsverwundeten und Rüstungsarbeitern trachtete man danach, deren letzte Kräfte zu mobilisieren. Ab 1945 hatten sich dann die Amerikaner des Capitols bemächtigt, welches den Zweiten Weltkrieg mit reparablen Schäden überstanden hatte. Nach Restaurierungsarbeiten wurde es 1949 wieder für die Augsburger Bevölkerung freigegeben. Ungleich einer Vielzahl seiner Konkurrenten konnte sich das Capitol trotz des Einzugs der Fernsehgeräte in die privaten Haushalte inmitten der 70er-Jahre bis in die 80er-Jahre hinüberretten, als die audiovisuelle Beschaffenheit von Kinofilmen denen heimischer TV-Geräte noch weit überlegen war.

Über die kulturgeschichtlichen Abschnitte der mehr als letzten 100 Jahre hinaus, ruft uns das Capitol gleichfalls unsere ganz persönlichen Geschichten in Erinnerung, nämlich diejenigen, die wir dort erleben durften. Wer von uns schmuggelte sich nicht auf dem Rückweg, nach einem vorgetäuschten Gang auf die Toilette unmittelbar zu Filmbeginn, mit der Parkettkarte am Kartenabreißer vorbei, auf einen teureren Logenplatz? Was liegt nicht alles im Odeur der schweren, schallschluckenden Samtvorhänge und in den erhaben blitzenden Kronleuchtern an Abenteuern verborgen, für die wir unser Taschengeld aufgespart haben? Wem hat sich nicht, sobald es nach Werbung und Vorfilm vollends dunkel geworden war, das mit heftigem Herzklopfen verbundene, zaghafte Tasten nach der Hand der Begleiterin und dem anschließenden Nachhausebringen als unauslöschliches Andenken tief in die Seele geprägt?

Heute heißen sie Multiplex-Kinos. Sie haben mehrere Vorführsäle mit einigen tausend Sitzplätzen, Cafés und Bars. Es ist kein Unterschied erkennbar, ob man in einem Hamburger Cinestar oder in einem Cineplex in Berlin sitzt. Kinos wird es weiterhin geben. Kurz nach 20 Uhr werden die Strahler zum Anlaufen der Filme heruntergedimmt, bis das Saallicht gänzlich erloschen sein wird, so wie es auch im Capitol im Januar 1999 der Fall war, allerdings nicht vor, sondern nach der letzten Filmspule.

Unter der Erde

Der Wittelsbacher Park bietet in nächster Nähe zur Innenstadt nicht nur weitläufige Freiflächen sowie Spielplätze, von denen Kinderstimmen lustig in die gepflegten Grünflächen schallen, sondern ist darüber hinaus wegen der Vielfalt seines alten Baumbestandes, in dem sich in den warmen Sommermonaten zahlreiche Singvögel einfinden, ein allseits beliebter Erholungsort. Seit 1906 trägt er, getauft nach dem deutschen Adelsgeschlecht aus dem über Jahrhunderte bayerische Herrscher hervorgingen, seinen aristokratischen Namen.

Doch wer ahnt, was eigentlich tief unter seiner Oberfläche liegt? Wenn man auf dem Weg ins Thelottviertel die Schießstättenstraße entlangkommt, entdeckt man auf der Seite der Erhebung zum Park, zwei von Betonwänden flankierte, schwere Eisentüren. Schutztüren eines Wasserreservoirs etwa? Vielleicht Zugänge zu einer Stromverteilerzentrale? Oder führen uns diese Pforten viel tiefer in den Berg? Die dahinterliegenden, düsteren Höhlengänge sind feucht und kalt. Es gibt dort keinen Strom. Nicht ein Lichtschimmer dringt in die bis zu 14 Meter unterirdisch gelegenen, robust mit grobem Baustoff ausgekleideten Gänge. Vier Kilometer erstreckt sich, verschlossen von den Anpflanzungen und dem Erdreich darüber, schweigend ein erstarrtes Labyrinth. Hans-Günther Breu kennt den Bunker wie seine Westentasche. Ein Mann, der durch seine wohltuend souveräne Art eine natürliche Ruhe ausstrahlt. Er bietet Führungen für Schulklassen, aber auch für stadtgeschichtlich interessierte Erwachsene an. Seine klaren Augen leuchten, wenn er berichtet und das sicherlich nicht ob der Freude an den Geschehnissen von damals, sondern vielmehr der Kraft wegen, mit der sie sich ihm eingeprägt haben. Er tut das so überzeugend, wie es wohl nur schicksalsgebeutelte Weggefährten vermögen würden, deren Kindheit sich zu jener Zeit abspielte. „Dass wir uns in Lebensgefahr befunden haben, habe ich natürlich nicht begriffen. Doch als mit dem Losheulen der Sirenen meiner Mutter alle Farbe aus dem Gesicht geglitten ist, war mir klar, dass es jetzt ernst ist. Wir rannten, ich an ihrer Hand, als ob der Teufel hinter uns her wäre", schildert er das Erlebnis aus seiner Kindheit.

1944 führte von der Stadt aus ein Holzsteg über die Geleise des Bahnhofs. Heute wird der Bahnhof gerade in einem Umbau, welcher als Jahrhundertprojekt gilt, untertunnelt. Nach mehr als zehn Jahren Bauzeit soll dann 2023 ein unterirdischer Nahverkehrsbahnhof fertiggestellt worden sein. Südwestlich des Bahnhofs liegt der Park. Von den ehemals zehn Zugängen zum Bunker sind gegenwärtig nur mehr zwei vorhanden. Alle übrigen sind lange schon verschüttet. Bei Fliegeralarm sahen in den Bombennächten vor seinen Eingängen Luftschutzwarte nach dem Rechten, sodass es trotz gebotener Eile beim Betreten des Luftschutzkellers zivilisiert zuging. Ein überhastetes Eindringen der Menschenmenge barg höchste Gefahr. Stürzende wären in Panik zu Tode getrampelt worden, denn schließlich war der Luftschutzstollen bei einer damaligen Einwohnerzahl Augsburgs von etwa 150 000 Bewohnern für nur 1200 Leute ausgelegt.

Zwar war Augsburg ab 1940 als Luftschutzort erster Ordnung eingestuft worden, jedoch wurde erst aufgrund der gestiegenen Opferzahlen der letzten beiden Kriegsjahre der Bau von öffentlichen Bunkern forciert.

„Ich kann mich heute noch an den Blutgeschmack im Hals von der Hetze hierher erinnern. Mit hunderten anderer bangten wir um unverzüglichen Einlass in die trüben, in den Berg gegrabenen Gänge.

Die Luft dort innen war zum Schneiden. Schweiß- und Schimmelgeruch erfüllten das Zwielicht. Links und rechts entlang der Wände saßen dicht gedrängt auf hölzernen Klappbänken diejenigen, die es vor uns hierhergeschafft hatten. Wir standen auf Tuchfühlung zu fremden Menschen wie zusammengetriebenes Vieh, als unweit des Ausgangs die ersten gellend schrillen Pfeifentöne der tödlichen Frachten aus dem Himmel niedergingen. Da war das dröhnende Brechen und Krachen einstürzender Gebäude, stets begleitet vom quälenden Zweifel, ob es nun die eigenen vier Wände gewesen waren oder die von demjenigen, der direkt neben einem um sein Hab und Gut fürchtete. Niemand sprach ein Wort. Die scheinbaren Ewigkeiten, während die Bomben zwischen den Detonationen schwiegen, bis alsbald die nächste Fliegerstaffel herandonnerte, um ihre verheerenden, todbringenden Lasten zu entladen, waren böse und unerträglich. Allein das surrende Geräusch der Kurbeltaschenlampen, mit denen man Strom erzeugt, die es im Übrigen heute auch wieder zu kaufen gibt, war in den Unterbrechungen vernehmbar. Tanzende Lichtflecken der Petroleum- und Karbidlampen huschten und zuckten als kleine Monde zwischen schwarzen Schatten an der Decke des Luftschutzraums hin und her."

Fest steht, dass explodierte Sprengladungen in geringer Entfernung zu den Zugängen, aufgrund der Druckwelle alles menschliche Leben auslöschten, das sich nicht weit genug im Inneren solcher Anlagen befand. Als Luftschutzbunker ist die Einrichtung heute nicht mehr in Gebrauch. Sie dient gelegentlich für Katastrophenschutzübungen der Feuerwehr, des THW oder für die beiden Rettungshundestaffeln der Polizei und des Zolls. Zweckdienlich werden die Gänge dann auch schon mal mit Flüssignebel verräuchert. Zwar sind Pfeile und Zahlen in Rot oder Weiß als Orientierungshilfe auf die Seitenwände geschrieben, doch bei Eintrübung mit Nebelfluid sind nicht einmal mehr die beiden Hauptgänge als solche erkennbar.

Mit Helm und Taschenlampen bewaffnet geht es bei schummrigem Licht noch tiefer in den Berg, als plötzlich die Gruppe durch einen durchdringenden Schrei einer Teilnehmerin hochgeschreckt wird. Hans-Günther Breu weiß die Gruppe augenblicklich zu beruhigen: „Nein, hier gibt es keine Fledermäuse. Auch Gespenster, die einem ungebeten ein blutig klammes Laken durchs Gesicht ziehen, sind eher selten." Rhizome der alten Linden und Edelkastanien über uns, deren Wurzeln sich ihren Weg durchs Erdreich bis hierher durch die Deckenwände gebahnt haben, hängen an manchen Stellen, einem weitmaschigen Streifennetz gleich, als feuchte Naturgardine bis auf halbe Höhe in den Gang hinein. Außer dem Wurzelgeflecht findet hier nichts und niemand hinein – auch nicht wieder hinaus. Jetzt gilt es den Kopf einzuziehen, denn die zum Teil nur 1,40 Meter hohen Gänge werden niedriger und niedriger. Unsere Helme machen sich bezahlt.

Im Jahr 1940 wurde das Tunnelsystem von rumänischen Zwangsarbeitern hastig gebaut, doch letztendlich nie vollends fertiggestellt. Mit Pickeln, Schaufeln und bloßen Händen haben sie das Geröll nach draußen transportiert. Der größte Raum bietet gerade mal Stehhöhe und nicht einmal Platz für eine halbe Schulklasse. Jetzt geht es nur mehr gebückt vorwärts.

„Vorsicht! Nicht drauftreten!", bittet Hans-Günther Breu die Gruppe. Stalagmiten wachsen im Schnitt einen Millimeter in zehn Jahren. Natürlich hängt es zudem von der Wassermenge und dem darin gelösten Kalk ab. „Solange können wir nicht warten, bis sie sich mit den über ihnen wachsenden Stalaktiten verbunden haben werden."

Am Ausgang des Bunkers angekommen, blendet uns das normale Tageslicht. Vogelgezwitscher, Kinderstimmen und die Stadt – sie steht noch. Dem lieben Himmel sei Dank!

Weitere Bücher aus der Region

Echt clever!
Geniale Erfindungen aus Bayern
Heidi Fruhstorfer
120 S., geb., zahlr. S/w- und Farbfotos
ISBN 978-3-8313-2992-2

Viele clevere Erfindungen und Erfinder kommen aus Bayern und sind bis heute aus unserem Alltag nicht mehr wegzudenken:

Generationen von Sekretärinnen in Ausbildung dürften ihn verflucht haben, Franz Xaver Gabelsberger, den Erfinder der Stenografie. Doch war sie erst einmal gelernt, leistete ihnen die „Steno" Jahrzehnte lang gute Dienste.
Dankbar hingegen war man Joseph Hipp. Er erfand die Babynahrung und ermöglichte schwachen Kleinkindern so das Überleben.
Carl von Linde erfand die Kältetechnik und ist somit der „Vater" aller Kühlschränke.
Adolf „Adi" Dassler legte mit der Erfindung von Sportschuhen mit einschraubbaren Stollen und Spikes den Grundstein für ein Weltunternehmen – Adidas.
Auch Maria Bogner machte mit der Erfindung der Keilhose Furore und brachte damit den Skisport und ihr Münchner Modeunternehmen voran.
Die Autorin Heidi Fruhstorfer nimmt sie mit auf eine Reise in die Vergangenheit, als in Bayern die Taschenuhr, der Lichtdruck, der Dieselmotor, das Mensch-ärgere-dich-nicht-Spiel und vieles mehr erfunden wurde.

Wartberg-Verlag GmbH
Im Wiesental 1   34281 Gudensberg
www.wartberg-verlag.de

Bücher für Deutschlands Städte und Region
Tel. 0 56 03 - 93 05 0
Fax. 0 56 03 - 93 05 28